O孃

HISTOIRE D'O

Pauline Réage

波琳・雷亞吉　邱瑞鑾——譯

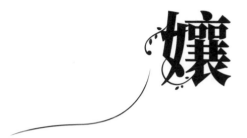

導讀

無畏去愛，以奉獻之名

法國巴黎第四大學法國文學博士／
國立宜蘭大學外文系教授賴軍維

「我立刻意識到這本書將會是個革命。」

——讓—傑克．波威爾（Jean-Jacques Pauvert）

《O孃》是法國文學史上極為少見，且極為成功的女性情色文學小說。作者本名為安娜．德克洛（Anne Desclos），又名多米妮克．歐希（Dominique Aury），她使用波琳．雷亞吉（Pauline Réage）作為本書的筆名。雷亞吉出生在一個雙語家庭，自幼便能閱讀英法兩種語言。從巴黎大學畢業後，她開始擔任新聞記者，一九四六年進入法國伽利瑪出版社（Gallimard）擔任編輯後，她便以多明妮克·歐希這個名字發表著作，之後便一直沿用這個名字。法國著名文學家尚·波朗（Jean Paulhan）是她的同事兼情人，認為女人無法寫出像樣的情色文學。為了證明女人有能力寫出獨特的情色文學作品，她將此文學作品當成情書送給尚·波朗，並以筆名波琳·雷亞吉構思此書。此書於一九五四年六月出版，一上市便引起極廣泛的注意與極大的爭議，毀譽參半。一來是因為小說內容充滿許多虐戀（施虐待與受虐）的情節，這些情節被官方認為違背善良社會風俗，因此被起訴調查；二來是因為此書是以筆名出現，人們對作者的真實身份感到十分好奇。

當時對於作者身份的猜測極多，也有不少人認為這本小說根本就是尚·波朗捉刀的，或是其他男性作家所寫的，因為一般的女性無法寫出如此自我放棄和沉溺在受虐快感的作品。媒體與知識界的熱烈討論引起當局的注意。一九五五年四月，法國內政部決議：不得向未成年人銷售此書，同時禁止公開販售與廣告。法國當局只是希望限制該書的銷售，但並未完全禁止該書的存在。同一年，該書獲頒「雙叟文學獎」（Le prix des Deux

Magots）。在當時，能夠獲得該獎是一件了不起的事，也是極大的榮耀。最特別的是，它頒給了一個撰寫一本驚世駭俗情色小說的女性作家。本書獲頒此獎，讓法國的知識界和讀者更想一探真正的作者是誰了。

然而作者的真實身份一直沒有公開。作者始終非常低調，守口如瓶，直到一九九四年，作者在八十六歲的高齡時接受《紐約客》訪問時，才公開坦承她是此書的作者，並解釋寫作的動機：以小說的形式寫一封情書給他的情人尚·波朗。她曾表示：「我並不年輕，也不漂亮。我必須找到其他的武器。肉體並非一切。武器也是存在於精神之中。」她想用她傑出的文思得到愛人關愛的眼神。本書至今被翻譯成數十種語言，不僅成為女性情色文學的經典，也不斷引起學術界關於虐戀理論和女性主義的論戰。

《O孃》的「O」到底是甚麼意思？這是每個讀者都會問的問題。事實上作者並沒有賦予O這個字母太多意涵。O其實就是法文女性名字Odile的縮寫。用一個簡單的字母當成小說中女主角的代號，這個風格一方面跟作者本人低調、不願為人所知的風格極為相似；另一方面，將女主角的個人資料濃縮到最簡單的元素，這種風格也已經走出巴爾札克（Balzac）式的小說書寫模式，亦即針對小說人物的外貌與身世背景鉅細靡遺加以描述之小說風格。另外，「O」也可象徵「客體」（objet），代表一個完全被物化的女性，正如同O孃的地位；「孔洞」（orifice），象徵任何有權力的男人都可以進入的陰道；「一個字母」，象徵一個完全沒有個性與自我的字母；O也可以是個「零」，一個完全沒有身份的人。經過作者精心的布置，《O孃》從書名開始，就極為引人入勝，給予讀者一種全新的閱讀經驗。正如同波朗所言，此書是「迄今為止所有男人能收到的最熾烈情書」。

《O孃》是一本關於虐戀（sadomasochisme）的經典之作。相較於法國十八世紀情色文學家薩德（Sade, 1740-1814）所代表的施虐狂，以及奧地利十九世紀情色文學家馬佐克（Sacher-Masoch, 1836-1895）所代表的受虐狂，本書似乎有著極大的不同點。波朗和波琳・雷亞吉都熱愛薩德的作品，也許他們都有共同的念頭：薩德筆下的受害者如茱絲蒂娜（Justine）因受到施暴者的殘暴對待而感到痛苦萬分，但相反地，如果讓她在遭受這些殘暴對待時還能夠樂在其中，豈不是更為有趣？更有創意？被奴役虐待的「幸福」，也許能夠提供讀者更多的想像空間，並反映更多人性中不為人知的那一面。

此書揭露了幾個重要的議題：何謂愛情？甘心受虐的愛情，是否比兩性平等的愛情更為強烈呢？和薩德的小說相比，本書的施虐快感部分少了薩德式的邏輯推理與施虐取樂的諸多規定；和馬佐克的小說相比，《O孃》的受虐者並不抗拒，不挑戰施虐者的權力之正當性，亦不會根據黑格爾的辯證法，以挑戰「主奴關係」為手段將兩者之間的關係徹底反轉。主人永遠是主人，奴隸永遠是奴隸。O孃永遠是O孃，她永遠臣服在他的主（情）人面前。

在閱讀完這本書的手稿後，波朗便大膽預測這本書會引起極大的迴響。部分較激進的女性主義者，聲稱此書嚴重貶低女性的價值，將女人的尊嚴踩在腳底，如同波朗所言：女人終於說真話了。但自由派的女性主義者，認為此書是女性性自主與性解放的至高表現，雙方意見相持不下。《O孃》整本書雖然充滿了性與暴力，但全書幾乎都是環繞在男女的權力關係和女性的情慾解放。O孃對他的情人荷內（René）絕對服從，只因為她認為服從可以換來情人的愛情與忠貞。荷內將她送到華錫（Roissy）接受SM女郎的調教，讓她被蒙上雙眼，被鎖鍊拴住手腳，遭到無情的鞭打，有時被迫戴上眼罩，甚至必須全裸見人，而且隨時都能被人所用。後來他將O孃獻給異母異父的兄弟史蒂芬（Stephen）。史蒂芬對O孃的虐待與侮辱更甚於荷內。史蒂芬甚至命令他人在O孃身上烙印、從陰部穿過鐵環，但O孃始終甘之如飴，從未見其抗拒過，以致於到最後接受了史蒂芬而放棄了荷內。

作為一個女性作家，雷亞吉為什麼要構思如此一個將自我貶低、自我放棄到無以復加的地步的女人？絕對的順從是否真能維繫情人之間的愛情，或是作為誘惑的一種手段？女性是否應該放棄身體的自主權？在此書中，作者提出了一種極為特殊的觀點：「奴役中的幸福」，既不是薩德式充滿哲學論證的施虐快感，也不是奴隸一直挑戰主人的地位，甚至想毀約不願再擔任奴隸的角色。在上述的施虐和受虐中，受害者都沒有快樂可言，只有痛苦和不幸。

然而在此書中，O孃卻願意將自己完全交付出去，將自己貶低到一種令人無法相信的程度。O孃認為只要他的愛人開心，無論是為她的愛人所用或是為愛人指定的他者所用，她絕對的奉獻都讓愛成為無私的愛。表面上，讀者或許看到一個喪失自我的O孃，然而，放棄「自我意志」是否也是某種自我意志的實踐？沒有「意志」的意志是否符合了「奴役中的幸福」？在這個問題的框架下，我們不禁要問「性別平等」是否是愛情的必要條件？當代性別平等的概念是否是幸福和快樂的保證？或許未必。當代過於強調自由和獨立，忘記了男歡女愛的權力運作往往未必能觸及真正的快樂。

作者似乎一直在追尋一種類似「宗教」的「奉獻」。當一個虔誠的信徒在面對上帝時，當他把自己交付給上帝時，他不再擁有自我意志，無私的奉獻便是最大的喜樂。愛情往往不能用一般的理性去理解，表面上O孃因遭到虐待而受苦，但她只要一想到這是她的愛人所要的，她的內心便能達到某種說不出的平靜和幸福。對O孃而言，最難過的事情不是被性虐待，或是被無情的鞭打，被所愛的人拋棄才是最令人無法忍受的痛苦。或許，O孃在極端受辱的那一刻，她重新找到了她的自我。女權主義者當然無法認同O孃這種極端貶抑女性的思想。

《O孃》不僅象徵了性解放，也代表著從「性」的行為中解放。O孃不僅解放了「性」，同時也被性「解放」。法國二十世紀文學家芒迪亞克（Mandiargues）認為此書並非一般庸俗的情色文學作品，因為精神層面遠勝於肉體層面，此書甚至可說是一本「神祕的小說」。法國文學家巴塔伊（Georges Bataille）認為O孃的悖論（paradoxe）是一個「幻想者」的悖論。這個幻想者因為無法死去而正在死去（mourir de ne pas mourir），這幾乎就是一種殉道。O孃透過貶低肉體，很可能只是希望愛情得以昇華。因此O孃的自我放棄，正是一種自我的追尋與探索，一種受虐情懷的昇華。如果這個獨特性正是某些讀者所不能忍受的，但那正是作者所要追求的。雷亞吉曾說：

> 「文學必須是一個前所未有的事件，不管寫的是什麼。總之，它應該是別人寫不出來的東西。作者本人甚至意識不到，只有其他人才能聽出他的聲音，獨特的聲音。如果出於偶然，或純粹是碰巧，您翻開一本這個人的書，您不是去讀他，而是聽到了他的存在，那您就是碰上了真正的作者。」

情色文學的創作是法國保守五〇年代的文人風尚，是一種「抵抗的文學」，更是一種向沉悶的文學風氣反抗的手段，而《O孃》則是作者寫給波朗的情書，是存在於兩人間的情色遊戲。作者以冷靜和簡潔的筆法去描述最火熱、最殘酷的情節，這種獨特性賦予了本書極高的文學性。另外，作者所提出的愛情模式（奴役中的幸福）也非常值得當代人去省思。

序言

奴役中的幸福

尚・波朗（Jean Paulhan）

巴巴多斯島的叛變

一八三八年間，拉丁美洲平靜的巴巴多斯小島發生了駭人聽聞的流血叛變。某天早上，大約兩百名不久前才因為三月的黑奴解放敕令而重獲自由的黑人，懇求原來的主子葛萊奈格再收他們為奴。這些人有男有女，委託一名再洗禮教派的牧師執筆，將他們的苦衷記錄在筆記本上，再帶著這份陳情書去見葛萊奈格。雙方你來我往討論了起來。葛萊奈格不知是因為膽怯、有所顧忌，或單純只是擔心犯法，拒絕配合。起先這些黑人只是輕輕拉了拉他，接著竟然殺害了他和他的家人，而且在當天晚上就修復了自己原來的小屋，重拾原來的工作，恢復過往的閒話家常和慣常的生活步調。後來馬克・奎果總督將這個事件壓了下來，並繼續推動黑奴解放。至於那本陳情書，就此不知所終。

有時我會想到這本陳情書。它的內容除了勞役房的成員、黑奴的苦情外，很可能也包括了以鞭打代替監禁，以及不准「新手」生病（「新手」是對剛獲得解放的奴工之稱呼）的規定。它簡直就是對奴隸制度的稱頌，例如當中提到：我們唯一真正能感受到的自由，就是讓其他人同樣也淪為奴隸的自由。沒有人真的能夠擁有特權享受自由。又例如，假如我可以持續開心地彈奏班卓琴，直到半夜兩點為止，那麼我的鄰居就失去了不聽我彈奏到半夜兩點的自由。如果我真的什麼都不做，我的鄰居就得做兩人份的工作。還有，我們都很清楚，如果在這個世界上盡情追逐自由，免不了很快就會引起無窮盡的爭端與戰事。更何況，根據辯證法，奴隸總有一天會變為主子，如果我們想加快這自然律法的腳步，鐵定會出問題。最後一點是：放棄自我意志，屈從於他人，最後還放棄了自己的歡愉、興致和個人情緒反應（就像陷入愛河或在宗教當中擁有神祕經驗的人往往會發生的情況），也同樣崇高、歡欣。簡而言之，於今看來，這本陳情書比一百二十年前更像異端邪說，可說是一本危險之書。

而此時我們要談的，是另一種危險之書。更準確來說，是一本愛慾之書。

I 如同一封信那麼果決

我們為什麼聲稱這樣的文字是危險的？這麼做算得上相當冒險，因為如此一來，會讓像我這樣自覺有勇氣的人萌生閱讀的念頭，繼而身陷危險。地理學會建議會員在討論旅程時不要特別強調其危險性，也是基於相同的理由。他們並非希望會員謙遜低調，而是為了避免勾起其他人躍躍欲試的冒險念頭（就像人們無法抗拒親眼目睹戰事的慾望）。話說回來，這究竟會引發什麼樣的危險？

從我的角度來看，至少我很快就看出了一個危險。一個不大不小的危險。顯然，《O孃》是一本讓讀者一讀難忘的書，而且讀完後，我們將不再是原來的自己，又或是，多多少少有所改變。更奇特的是，這本書對人產生影響，也為它本身帶來了影響。數年之後，它不會再是同一本書。因此，率先評論這本書的人很快就會顯得淺薄。不過這也沒辦法，評論者擔心丟臉也無濟於事。一旦有了這樣的認知，對我來說，最簡單的方式，就是坦承自己並不了解這本書或書中描寫的一切。我隨著O懵懂前進，就像走入童話世界——我們都知道，童話其實是孩子的情色讀物——就像其中某個似乎已然荒廢的城堡，但它罩著布套的坐椅、軟墊、有四角柱的大床全都一塵不染，鞭子、馬鞭也是。如果要我說實話，我會說，它們本該如此。鐵鏈上沒有鐵鏽，彩色的窗玻璃上沒有霧氣。如果問我，想到O的時候，我心裡浮現的是哪一個詞，答案應該是：**得體**（décence）。這個詞不易詮釋，我也完全不想這麼做。況且，那風不停地吹，吹過所有房間，也在O的內裡吹起某種單純而暴烈的特質。那特質是如此果決，無論哀嘆或驚恐、心醉神迷或反胃，都無法加以阻止。而且我不得不說，一般情況下，這本書並不符合我的閱讀口味：我喜愛作者下筆時躊躇遲疑的書，也就是主題讓作者畏怯、讓作者懷疑自己永遠也寫不出來的書。但《O孃》從頭到尾都極具爆發力，因而讓我們以為這本書是一段談話，而不只是感情的宣泄；它讓我們以為這是一封信，而不是一本私密日記。然而，這封信是寫給誰的？這段談話想說服誰？我們能問誰這些問題？我甚至不知道寫這本書的你是誰。

我猜想你是個女人；我幾乎毫不懷疑。不過不是因為你歡喜描述的那些細節，例如綠色絲綢長袍、勒出蜂腰的馬甲、（像頭髮上了捲子一般）層層捲起的裙子，而是像這樣的片段：當荷內讓她獨自面對另一場酷刑折磨時，她竟然還有心思注意到愛人的室內拖鞋磨損了，該再買一雙新的。這樣的念頭對我來說實在難以想像。這不是男人會想到的，或至少不敢說出來的。

然而，O以她自己的方式展現出男人的理想——男人的，或至少是陽性的。終於有女人承認了！她承認了什麼？承認了其他女人至今依然否認的事（如今她們的堅決否認更甚以往），承認了男人始終譴責她們的：她們向來依循自己的天性、自己內在的需求，她們從頭到腳都是性，甚至連精神也是。她們必須不斷受到滋養，不斷梳洗打扮，不斷遭受鞭打。她們需要的只是一個好主子，這個主子不能太過寬容或好心：只要我們流露一絲心軟，她們就會將所有熱情、歡愉和特質轉而用來愛戀其他男人。簡而言之，當我們要去見女人時，應該帶上鞭子。很少男人不曾幻想過能夠擁有茱絲蒂娜[1]，但我至今尚未遇過女人會幻想自己是茱絲蒂娜。我的意思是，沒有女人會大聲說出自己的幻想，儘管滿懷悲傷與淚水，但帶著驕傲和強烈的暴虐，伴隨著渴求痛苦的貪婪，以及令人驚訝的意志，堅持且不放棄，直到極限為止，甚至超越極限。你或許是個女人，但也像個騎士，甚或是十字軍戰士。因為你擁有雙重特質——又或者，是你寫信的對象呈現出這樣的雙重特質，因此你透過它來說出他的體驗。不過，你是個什麼樣的女人？你到底是誰呢？

無論如何，《O孃》其來有自。我在書中感受到靜謐，以及開闊。這樣的感受，只有在作者經過長久醞釀寫下的故事中才能覺察得到，而這樣的故事，又讓人全然感覺熟悉。波琳・雷亞吉是誰？這是一名單純的幻想者嗎？就和許多其他這樣的幻想者一樣？（她們說，只要傾聽自己的心，就夠了。而那樣的心靈，什麼也阻止不了。）這是一名來自

1 茱斯蒂娜：Justine，薩德侯爵《貞女厄運》（*Justine ou Les Malheures de la Vertu*）中的女主角。

那個世界的女子嗎？她所訴說的，是否正是她曾經歷的？這段奇特旅程的開展是如此成功——至少可以說，以苦行和懲戒氛圍進行得相當冷靜自持——結尾卻急轉直下，以一個讓人意猶未盡的含糊說明草草結束，讓大多數人留下這樣的印象：O將會繼續留在那樣一間她在愛情的引導下進入的妓院裡，而且她不只是留下來了，甚至不覺得有什麼不好。然而，關於這一點：

II 無情卻得體

連我也被故事的結尾嚇了一跳。你無法讓我相信那是真正的結尾。對我來說，結尾應該是史蒂芬先生讓你的女主角死亡。他只有在她死後才會解開她的鐵鏈。但顯然，故事並未明白說出這一點，而這隻小小的蜜蜂(我指的是波琳．雷亞吉)為自己保留了部分的蜂蜜。誰知道，或許這回她無法抗拒身為作者的誘惑：也許有一天，她會再繼續書寫O的冒險之旅續集。何況這個結局是如此明確，根本無須多所著墨，我們自己就可以輕易覺察出來，並為此有些心神不寧。但是你，身為作者的你，又是如何創造出這個結局的——其中含有什麼樣的訊息？我會不斷提起這個話題，因為我確信只要找到足夠的訊息，那些大軟墊、四柱床，甚至鐵鏈都能得到解釋，任這個偉大模糊的人物，這個充滿謀略的幽靈，和那一陣陣奇特的微風在其中來去自如。

此時我必須停下來思考：男性的慾望當中究竟存在著什麼？這份慾望，其實既奇特也無從辯解。我們聽見風吹過岩層，岩石突然鬆動了，或者嘩啦作響，或者發出曼陀林般的樂音。人們從四面八方前來看這些石頭，但無論他們多麼喜愛音樂，見到這個情景，本能的反應卻是轉身逃開。事實上，說不定這情色之書（或許你較傾向稱為危險之書）的作用，是想告訴或指引我們某種訊息？說不定那就像我們告解後，神父的話語讓我們在面對這問題時得以解脫？我明白，通常我們會習以為常。何況男人也不會侷促不安太久。他們認定且聲稱是他們開始這一切的。如果要我說的話，他們說的不是實話。事實就在眼前：非常明顯，而且再明顯不過了。

想必有人會對我說，女人也是如此。當然，只是比較不明顯。她們總是能說她們不是這樣。多麼得體！難怪人們總是因此認定她們是兩性之中較美的，認為「美」是屬於陰性的。女性是不是比較美的一方，我不確定。但無論如何，至少可說她們是較謹慎、較不外顯的，而這是美的一種方式。而關於一本幾乎稱不上得體的書，我已經帶著敬意提到「得體」這個詞彙兩次了……

然而，它真的和得體一點關係都沒有嗎？我想到的不是那種無趣、虛偽的得體，那樣的得體只是自欺欺人：避開石頭，否認看見石頭鬆動。我想到的是另一種類型的得體：桀驁不馴，賞罰分明；它充分羞辱肉體，讓肉體回復最初的完整，強迫它重回慾望尚未顯露、石頭尚未吟唱的日子。那樣的得體，一旦操縱在某人手中就危險不已。因為若想得到滿足，就必須將雙手縛在身後，將兩膝分開，將身體拉開成大字型，流汗，而且流淚。

我似乎在說一些可怕的事。或許我是，但可怕的也許是我們每天的食糧──何況，這些危險之書說不定只是讓我們重新面對我們天性當中的危險。戀愛中的男人在許下一生的誓言時，哪一個不會因為意會到當中的含義而感到恐懼？戀愛中的女人在說出「遇到你之前我不曾體會過愛情……認識你之前不曾真正動心」時，哪一個不會因為察覺到這句話的意義而同樣感到恐懼？或者，當她說出更高明的「我要懲罰我自己，因為在認識你之前就已嘗過快樂的滋味」時，她明白那是作繭自縛。那就如她所願吧。

因此，《O孃》中少不了酷刑折磨。它少不了鞭子的鞭打、火紅的烙鐵，更少不了皮製的枷鎖，以及發生在露台上的奇觀。這些酷刑，簡直就像沙漠苦行者的禱告那麼多。這每一項酷刑都仔仔細細地加以區分開來，簡直就像用小石頭逐一編號般地加以區隔。這些酷刑未必都會讓人感到快樂。荷內拒絕為她施以酷刑，而史蒂芬先生儘管答應這麼做，卻更像是在履行義務。於是我們明白，他們並沒有從中得到樂趣。他們根本不是虐待狂。一切的一切，彷彿是O自己從一開始就要求受到嚴懲，要求隱忍一切。

關於這一點，有些愚蠢的人會說，O是受虐狂。我不介意，但這樣說，不過是在就語意而言原本相當純粹且簡單的謎團之上再增添一個錯誤之謎。受虐狂是什麼意思？是承受痛苦的當下同時也感受著歡愉嗎？很可能。那是形上學家肯定並廣泛使用的詮釋方式——他們還說過，所有的在場都是缺席，所有的言說都是沉默——況且我也不否認（即使我並不完全明白），他們的說法自有其意義，至少有其用處。但無論如何，其用處並非來自單純的觀察——也因此和醫生無關，和應用心理學家無關，當然更和愚蠢之人無關。「不，」我可以想像有人會這麼對我說：「談到痛苦，受虐狂知道如何將痛苦轉化為歡愉；他能透過某種神祕的煉金術，將受苦轉化為純粹的喜悅。」

多麼美好的消息！至少人們找到了長久以來在醫學、道德、哲學、宗教當中苦苦追尋的消除痛苦的方法——或者至少是超越痛苦、了解痛苦的方法（如果痛苦單純肇因於我們的愚蠢或過失的話）。此外，人們也早該在許久之前就找到了這個方法，因為虐待狂老早就存在了。我很訝異我們沒有對此大肆宣揚或賦予無限敬意，也訝異我們未曾探究虐待狂的祕密。還有，我也很訝異我們沒有圍捕這些受虐狂，將他們關在實驗室或博物館的籠子裡，好好觀察和研究。

或許，人們不會問自己其實已暗自有了答案的問題。或許，只要讓人和人有所接觸，讓人遠離孤獨（彷彿這樣的渴望不只是單純的幻想），就行得通了。那麼，至少這裡就是那個籠子，這裡就是那個關在籠裡的女人。而我們能做的，就只是聽她述說。

III 一封奇特的情書

她說：「你不該吃驚的。仔細檢驗你的愛。如果你的愛情在某個電光火石的剎那領悟到我是個女人，而且是活生生的女人，它會驚恐不已。或許你能讓血夜乾涸，藉此漠視血液熾熱的源頭，但這又是另一回事了。

「你的嫉妒不會欺騙你。你的確讓我變得完整、快樂，而且擁有千百倍的活力。然而我卻無法不轉身用這樣的幸福來對抗你。當血液不再凝結，身體靜靜歇息，那石頭的吟唱也就更加響亮。如果你有勇氣，就讓我繼續留在這個籠子裡，並且不需提供太多食糧。凡是讓我更接近疾病與死亡邊緣的，只會讓我更加堅信不疑。只有在你讓我受痛苦的時候，我才感覺到安全無虞。如果眾神的職責讓你害怕，千萬別讓你成為我的神，因為我們都知道諸神並非如此溫柔。你已見過我哭泣。現在，你該學會欣賞我的眼淚，還有我的頸子：當它被緊緊掐住，儘管我努力自制，它仍不由自主地緊繃、扭曲，並且充塞著因幾近窒息而發出的沉吟，此時，它難道不令人著迷嗎？來看我們的時候記得帶上鞭子。這話說得真是對極了。還有，最好帶來的還是九尾鞭。」

她隨即又說：「這玩笑真是低俗！事實上你什麼都不了解。若不是我如此瘋狂愛你，你想，我敢這樣對你說話嗎？況且還背叛了我的同類？」

她還說：「時時刻刻背叛你的，是我的想像，是我迷濛的夢。讓我動搖吧。讓我擺脫這些夢吧。把我交出去吧。無論如何，先採取行動吧，這樣我就不再有時間**幻想**我會不忠於你。（無論如何，事實總比夢讓人放心。）先在我身上烙下你的姓名縮寫的印記吧。如果我身上帶有你鞭子的鞭痕、你鐵鏈的鍊痕，或是陰唇上戴著那樣的鐵環，人們就會知道我是屬於你的。只要以你之名鞭打我、玷污我，我的腦海中只有你，以及對你的慾望、對你的癡迷。我相信，這是你要的。是的，我愛你，而這同樣也是我想要的。

「如果我從此不再屬於我自己，如果我的唇、我的私處和我的乳房不再屬於我，我就成了另一個世界的生物，在那個世界裡，一切都有了不同的意義。說不定，有一天，我對我自己再也一無所知。那些你派來而我無法區分的男人，如果我無法將他們和你加以比較，那麼，他們給予我的愛撫、帶給我的歡愉，對我又有什麼用？」

她就是這麼說的。我聆聽她述說，而且明白她沒有說謊。我試著跟隨她的思緒，而她所謂的「成為妓女」困擾了我許久。說不定，神話裡燃燒的袍子終究不是單純的寓言，神聖的妓女也不只是歷史上的奇人異事。說不定，純真民謠中的鎖鍊和「我願因對你的愛而死」不只是個隱喻，而阻街女郎對皮條客說「我愛你入骨，你想怎樣對待我都可以」，也未必只是說說而已。（說來奇怪，當我們努力避開令人迷失的感情時，竟將它類比為惡棍和妓女。）說不定，當哀綠綺思寫信告訴阿貝拉「我是你的妓女」時，不只是單純想寫出漂亮的句子。顯然，《O孃》是迄今為止所有男人能收到的最熾烈情書。

我想起那個航過七大洋的荷蘭人，只要沒找到願意犧牲性命拯救他的女人，他就必須繼續漂泊的命運；我也想到齊格瑪騎士，除非等到愛他、願為他承受「其他女人不曾受過之苦」的女人，否則他的傷口無法痊癒。當然，《O孃》的篇幅比詩或傳奇故事更長，比一封單純的信更充滿細節。也或許，它不得不擁有更具深度的起源。或許，它並不比了解現今街上男孩和女孩的對話更難——在我看來，後者說不定和了解巴巴多斯島的奴隸想說什麼的難度相當。我們置身的這個時代，所有最簡單的真相都只能讓我們回歸赤裸（像O一樣），只留下臉上的貓頭鷹面具。

因為如今我們會發現，看似正常甚至有見識的人漫不經心地談論愛情，彷彿它是某種虛幻的感情，沒有具體的後果。他們說，愛帶來許多歡愉，而兩個人的結合具有一種魔力。他們還說，能讓愛保留想像空間與多變、自由本質的人，能從這些歡愉和魔力中獲得至大的滿足。我絕不是不相信，甚至還覺得，如果兩個性別不同（甚至性別相同）的人，這麼輕易就能為彼此帶來歡愉，那麼，不這麼做或不願這麼做的人，實在令人匪夷所思。只不過，這當中有兩個詞彙就是讓我感覺不對勁：一個是**愛**，一個是**自由**。它們顯然完全相反。愛，意味著依存——這樣的關係不僅隨著愛所帶來的歡愉而出現，更因為愛的存在而出現，並且早在愛存在之前就出現了：它就存在我們的慾望當中，依附於約莫五十件奇特的小事，例如雙唇（以及它們形成的笑顏或愁容），例如某一側的肩膀（以及它聳起或垂下的獨特姿態），例如雙眼（以及微微輕佻或令人生畏的眼神）；或者，再往下，來到那全然陌生的身體，以及隱藏其中的意志或靈魂——那樣的身體，每一刻都有可能變得比陽光更耀眼，或比廣袤的雪地更冷酷。承受這樣的體驗不是有趣的事，但你的哀求讓我失笑。當她俯下身子，扣緊優雅的鞋子上的扣環時，你不寒而慄，並覺察到所有人似乎都注視著你。不是鞭痕，而是嵌在肌肉裡的鐵環。至於自由……無論哪個男人或女人，若曾有過相同的經驗，或許很可能會竭盡所能地以最下流、最惡劣的語氣大放厥詞，詆毀自由。然而，不，在《O孃》裡，沒有任何令人嫌惡之處。相對的，有時對我來說，我們從中看見，屈從於這些酷刑折磨的，似乎是某個觀念或某種情結，而不是某個年輕女子。

關於叛變的真相

說來奇怪，身為奴隸是幸福的，如今竟成了新奇的觀念。家庭早就不再像傳統舊習那樣足以操控孩子的生死，學校也不再出現體罰或欺侮學生的事，婚姻中丈夫有權毆打妻子的陋習也不再存在。過去數百年來在大庭廣眾之下斬首示眾的罪犯，現在我們將他們關在陰鬱的地窖裡，任其自生自滅。如今，我們施行的酷刑，都是不正當的、無差別的，其殘酷遠勝過去千百倍，當今戰爭的一場爆炸就足以荼毒整個城市的居民。人們努力扮演好為人父親、老師、情人的角色，換來的卻是地毯式轟炸，以及引爆的原子彈。一切的一切，就好像在這個世界上，暴力具有某種我們無力想像的平衡力量，而我們早已失去對它的體會與感受，甚至失去了對它的理解。現在，重新發現這個平衡的是一個女人，而我，我個人對此毫無不快。我甚至毫不訝異。

關於女人，說實話，我不像其他男人有那麼多先入為主的想法。我訝異她們（女人）的存在。不只訝異，更帶著些許讚嘆，並且滿懷仰慕。這或許可以解釋為什麼女人對我而言是如此奇妙，為什麼我無法不心存嫉妒。我嫉妒的究竟是什麼？

有時我會為自己失去的童年感到惋惜，但我惋惜的完全不是詩人所說的意外發現和啟示。不。我記得，有一段時期，我以為自己理當為整個世界負責。我交替想像自己是拳擊冠軍、廚師、政論家（沒錯）、將軍、小偷，甚至是紅皮膚的印第安人、樹木或石頭。應該有人告訴我這不過是一場遊戲。沒錯，對你們這些大人或許是如此，對我卻不然。我那時就這樣把整個世界扛在肩上，承受著隨之而來的憂慮和危險：那時候，我就是一切。我想說的是：

我們都曾經是孩子，而女人的一生至少注定就像個孩子一樣。女人精通千百件我完全做不來的事。一般來說，她會縫紉。她會煮飯。她知道怎麼布置屋子，知道什麼跟什麼不搭（我不是說她所做的一切都很完美，就像我自己也不是毫無缺點的印第安人一樣）。她懂的不只這些。她和貓和狗相處融洽，知道如何和半瘋狂的生物——小孩子——講話，而我們只是容忍孩子的存在。她教他們宇宙論，教他們一言一行，教他們洗手、刷牙等個人基本衛生習慣，還講神話故事給他們聽，有些甚至還能教他們彈鋼琴。簡而言之，我們從很小的時候就夢想自己能同時扮演所有男人的角色，但女人似乎天生就能同時扮演所有女人（與所有男人）的角色。讓人驚訝的還不止於此。

俗話說，只要能徹底理解，就完全能夠寬容。這句話我們不時聽到，但是對女人來說（不論她們有多麼萬能），似乎恰恰相反。我有不少朋友，在他們眼中，我就是我，在我眼中，他們也就是他們——我們從來沒有想過要改變對方。我甚至因為我們這麼獨特、這麼不同而感到得意（他們也有同樣的感覺）。不過，女人幾乎都想改變她愛的男人，同時也想改變自己。那句諺語彷彿是個瞞天大謊，其實應該改成：只要能徹底理解，就完全無法寬容。

不，波琳・雷亞吉不太談寬容。我甚至開始思索，並試著找出答案：她認為她的女性友人或同類其實都和她一樣，這個想法是不是有點誇張？不過，倒是有不少男人樂於贊同她這樣的看法。

我們該為巴巴多斯島奴隸的陳情書覺得惋惜嗎？坦白說，我擔心那位值得尊敬的再洗禮派牧師所草擬的陳情書其實是語無倫次的，讓黑奴在辯白時顯得老套，例如：奴隸終究都會存在這個世界上（無論如何，我們見到的情況確實是如此）、奴隸永遠都是一個樣（這值得再討論），或是人必須對自己的處境逆來順受，與其把時間浪費在指責別人，不如消磨在競技、沉思或喜好的習慣上。諸如此類的。不過，我猜想那本陳情書並未說出事情真相，那就是：這些奴隸其實愛上了他們的主人葛萊奈格，因此無法離開他，也無法承受沒有他的生活。總之，同樣的道理為《O孃》帶來了果決的特質、令人難以理解的「得體」，以及那從未曾停止吹襲、盲目而狂熱的強風。

I 華錫的愛人

HISTOIRE D'O

一天，O的愛人帶她到他們從沒去過的那一區散步，像是蒙蘇里公園、蒙梭公園。在公園轉角的一個路口，那裡本來沒有計程車候客站，但這天他們在公園裡散了步、坐在草地邊上的時候，看見了一輛有計程表的車，很像是計程車。「上車！」他說。她上了車。再不久就要天黑了。這時是秋天，她身上穿著跟平常一樣的服裝款式：高跟鞋，一件搭配百褶裙的套裝，一件絲質內衣，沒戴帽子，但戴著一直套到上衣袖口的長手套，並帶著一個皮製手提包，裡面有證件、粉盒和口紅。計程車緩緩往前開動，和她同行的男子沒跟司機說任何話，但他拉上了左右兩邊車窗上的布簾，以及後面的布簾。她以為他要吻她，或是要她愛撫他，所以脫下手套。但是他說：「妳身上的東西太累贅了。把手提包給我。」她把手提包給了他，他把它放在她拿不到的地方，並說：「妳也穿得太多了。解開妳的吊襪帶，把絲襪褪到膝上。」她覺得有點不安。計程車開得更快了，她擔心司機轉過頭來看。終於，她把絲襪半脫下來，光裸的大腿在裙子下不受任何拘束，讓她覺得很不自在。解開的吊襪帶在她衣服裡面滑動。「脫下吊襪帶。脫掉內褲。」他說。這很容易。只要把手放到腰後，稍微抬高一下臀部就可以了。他從她手中接過吊襪帶和內褲，打開手提包，放入其中後再闔起來。然後他說：「別坐在套裝和裙子上。妳應該把它們撩起來，直接坐在座椅上。」座椅是仿皮漆布，又滑又冷，貼在皮膚上的感覺讓人忍不住一凜。然後他對她說：「現在再戴上妳的手套。」計程車一直在行駛中，而她不敢問荷內為什麼動也不動、不再說話，也不敢問他這件事對他有什麼樣的意義：讓她這樣靜坐著不動，這麼衣不蔽體，卻這麼正經地戴著手套，坐在一輛不知道要開到哪裡去的黑色車子裡。他沒有叫她做什麼，也沒有不准她做什麼，但是她不敢交叉兩腿，也不敢併攏膝蓋。她戴著手套的兩隻手放在身子兩旁，擱在座椅上。

「到了。」他忽然說。計程車停靠在一條美麗的林蔭大道上的梧桐樹下，一間隱藏在院子與花園間的私人府邸前，有點像聖傑曼區常見的那種宅第。路燈在遠一點的地方，車裡還是一片陰暗，而且車子外頭正下著雨。荷內說：「別動。一動都不要動。」他把手伸向她上衣的領子，解開領結，然後解開紐扣。她略微往前傾身垂胸，以為他要撫摸她的胸部。不是。他只是摸索著胸罩的吊帶，用小刀割斷，取下胸罩，再扣好她上衣的紐扣。她現在胸部光溜溜的，不受拘束，就和她的腰部、腹部，一直到光溜溜的膝上一樣不受拘束。

「聽著，」他說。「現在，妳已經準備好了。妳走吧。下車，去按門鈴。跟幫妳開門的人走。他怎麼吩咐妳，妳就照著做。要是妳不立刻進去，會有人來找妳。要是妳不立刻服從，會有人讓妳服從。妳的手提包？妳已經不需要手提包了。妳現在只是我提供給他們的女孩。沒錯，我也會在那裡。去吧。」

相同開場的另一個版本，相比之下較突如其來，也比較簡單[2]：穿著同樣服裝的年輕女子被她的愛人與另一名不認識的朋友帶上了車。車子是由不認識的朋友駕駛，愛人則坐在女人的旁邊，而這位不認識的友人對年輕女人解釋說，她的愛人負責讓她準備好，待會兒就要把她的手綁在背後，以及除了留著手套之外，他會幫她寬衣解帶，脫下她的絲襪，取下她的吊襪帶、她的內褲、胸罩，還要蒙起她的眼睛。然後，她會被帶去城堡，

2 本書法文書名原譯為《O的故事》，作者於故事的開場與末節幾度插入敘事者口吻的說明與陳述。

那裡的人會根據她該做的來指示她。事實上，當她的衣物像這樣被剝除、雙手被綁起，車行半小時後，他們幫著她下了車，讓她登上幾階台階，然後穿過一、兩扇門。過程中，她一直都蒙著眼，直到這時她是單獨一個人了，眼罩取了下來，發現自己正置身一間黑漆漆的房間裡。他們把她一個人丟在這裡半個小時、一個小時，或兩個小時，我不知道，總之有一世紀那麼長。然後，門終於打開來，燈點亮了，我們可以看到她站在一間很尋常、很舒適，卻也有一點特別的房間裡等著：地上鋪著厚厚的地毯，但一件家具也沒有，只有四周滿是櫃子。開門的是兩個女人，兩個漂亮的年輕女人，打扮得像十八世紀的美麗侍女一樣：輕盈、蓬鬆的長裙直遮到腳，緊身胸衣讓她們乳房高聳，以束帶或扣子固定在胸前，蕾絲花邊環繞著胸脯，袖子是半長袖，眼皮和嘴唇都上了妝。她們都戴著緊緊圈著脖子的項圈，以及緊箍著手腕的手環。

我知道她們這時幫O解開了一直綁在身後的雙手，並跟她說她現在必須脫掉身上的衣服，接下來她們要幫她洗澡、化妝。於是她們脫光她的衣服，收到旁邊的一個櫃子裡。她們沒讓她自己洗澡，還幫她洗頭、梳頭，就像在髮廊裡一樣，讓她坐在一張洗頭時可以後仰的椅子裡，等上好捲子、要吹乾頭髮的時候又可以把椅子豎直。這過程需要至少一小時，但事實上花了一個多小時的時間，而且她就這樣一直赤裸裸地坐在這張椅子上。她們還不准她交叉雙腿，也不准她併攏膝蓋。因為在她面前有一面大鏡子，占據了由下到上整個牆面，沒有任何東西遮擋，所以她只要看向鏡子，就會看見一覽無遺的自己。

當她準備好了，也化好妝了——眼皮微微搽上眼影，嘴唇塗得紅通通，乳頭和乳暈是粉紅色的，下體的唇瓣邊緣也呈紅色，腋窩和下體的毛髮都仔細地噴上了香水，股溝、乳房下的凹溝、手掌心也一樣——她們帶她來到一個擺著一片三面鏡、一邊牆上還有第四面鏡子的房間裡，好讓她把自己看得更清楚。她們請她坐在房間中央的軟墊上等待，四面有鏡子環繞。軟墊上覆滿黑色的毛皮（有點扎著她的腿），地毯也是黑色的，牆面則是紅色的。她腳上穿著紅色室內拖鞋。這個小房間的一面牆上有一扇大窗，窗外是一座陰暗的美麗花園。雨已經停了，風吹得樹木搖曳，月亮穿過高高的雲間。我不知道她在這件紅色小房間裡待了多久，也不知道她是不是真的像她以為的那樣只有自己一個人，抑或有其他人正從牆面隱蔽的小洞裡窺探她的動靜。但我知道，當那兩個女人再度出現的時候，其中一人手裡拿著布尺，另一人則拿著一個籃子，而且有個男人陪她們一起來。他身上穿著一件紫色長袍，袖口緊緊包著手腕，袖子連接肩膀的部分則非常蓬鬆，而且他的腰部以下，只要一走路，就會敞開來。他在長袍下穿著一件緊緊裹著大腿和小腿的緊身褲，但性器官的部位一無遮掩。他一走進來，O最先看到他的性器官，然後看見他腰上插著一把皮鞭，再來是他頭上戴著連眼睛也覆住的黑色紗網罩，最後看見他也戴著黑手套，而且是小山羊皮製的。他叫她別動，並要另外那兩個女人動作快一點。拿著布尺的女人量起O的脖子和手腕。她的尺寸和大多數人沒兩樣，雖然有點偏小。在另一個女人提的籃子裡，很容易找到適合她尺寸的項圈和手環。選中的項圈和手環是這樣的：好幾圈的皮革(每一層都很薄，厚度加起來不會超過一根指頭)，用一種像鎖頭那樣的自動裝置，一按就上鎖，要用鑰匙才能打開。在和鎖相對的另一邊，幾層皮革的中央有個金屬扣環；如果要用鐵鏈拴住她，可以從這裡穿過，因為手環與項圈已經緊縛著手腕與脖子，儘管不會緊到弄傷她，卻再無空間串入一條鏈子。她們就這樣把手環和項圈戴到她的手腕和脖子上，然後那個男人叫她站起來，換他坐到她在軟墊上的位置，讓她靠近他的膝頭，把戴著手套的手伸進她的大腿間、摸她的胸部，對她說，今天晚上她單獨用過晚餐後，會把她介紹給大家。她的確是自己一個人用餐，而且依舊是赤身露體。她在一個小小的空間裡用晚餐，一隻看不見的手透過一個小窗口遞食物給她。最後，吃過晚餐後，那兩個女人又出現了。她們帶她回到剛剛的小房間，一起將她兩手上的手環扣在她背後，再在她項圈的扣環繫上一件紅色大披風，披在她肩膀上，將她整個人包覆起來。不過，當她走路的時候，披風就會張開來，而她因為手被綁住而無法拉住披風。一個女人走在她前面為她開門，另外一個女人走在後頭，隨手關上門。她們穿過一間前廳，走過兩間客廳，再進入一間圖書室，裡面有四個男人喝著咖啡。他們都穿著和剛剛第一個男人同樣的寬大長袍，只是頭上都沒有戴頭罩。但O看不清他們的長相，看不出當中是否有她的愛人（他確實在其中），因為他們有人提著一盞燈，把燈光對著她照，讓她眼睛昏花。所有人動也不動，站在她兩側的女人是如此，在她身前看著她的男人也是。然後，燈熄了，兩個女人離開了。不過，這時候有人又將O的眼睛蒙起來。有人要她往前走幾步。她略微蹭蹬，然後感覺到自己正站在火爐前，而那四個男人就是坐在附近：她感覺到熱氣，也在靜謐中聽到木頭微微爆裂的聲音。她面對著火爐。一雙手掀起了她的披風，另一雙手在檢查手環是否確實扣緊後，順著腰部往下撫摸。這幾隻手都沒有戴手套，當中有隻手插入她前後兩個孔洞，動作粗暴，讓她不禁叫出聲。有人笑了起來，另外有人說：「讓她轉過來，讓我們看看她的乳房和下身。」有人讓她轉過身子，爐火的熱氣襲上她的後腰部。有隻手抓住她一邊的乳房，有個嘴巴含住她另一只乳房的乳頭，但她忽然失去平衡往後跌，幾隻手扶住了她。這時有人撐開她的腿，有人輕輕掰開她的唇瓣，她感覺有髮絲微微拂過她的大腿。她聽見有人說要讓她跪下。他們照著做了。她的膝蓋很痛，尤其他們又不准她併攏膝蓋。她的兩隻手綁在背後，不禁令她身體前傾。這時候他們讓她往後仰，半坐在腳後跟上，就像修女的坐姿一樣。「你從來沒把她綁起來過？」「沒有，從來沒有。」「也沒鞭打過？」「沒有，但是正因為這樣……」答話的是她的愛人。另一個聲音說：「沒錯。如果你綁過她幾次、打過她幾下，她會嘗到樂趣的，這樣可不行。得讓她跨過樂趣的門檻，嘗到痛苦的滋味，流下眼淚才行。」有人讓O站起來，準備幫她解開束縛，但是是為了再把她綁在柱子或牆上。這時候，有人抗議說他要先占有她，立刻就要——於是他們讓她再跪下，但這次是前胸靠在軟墊上，手依舊縛在背後，腰部高過胸部。當中一個男人兩隻手抓住她的臀部，進入她裡面。之後他把位置讓給第二個人。第三個要從比較狹窄的那個孔洞進去，猛然地插入，令她叫喊出聲。他放開她後，她哼哼哀叫，眼淚沾溼了眼罩，身子滑落到地上。這時她感覺到有人的膝蓋湊近她臉旁。她的嘴巴也沒被放過，吸吮起性器官。他們終於放開她，雙手被縛的她身上罩著大紅披風倒在壁爐前。她聽見有人在倒酒的聲音，他們喝了起來。她也聽到椅子移動的聲音。有人在壁爐裡添了柴火。突然，他們解開她的眼罩。小桌上的一盞燈，還有壁爐裡的火——火勢又開始旺起來——微微照亮了這個牆面上排滿書的大房間。兩個男人站著抽菸。另外有個人坐著，膝蓋上放著一根馬鞭。而那個靠近她、愛撫她胸部的，是她的愛人。不過，四個男人都上過她了，她並沒有感覺她的愛人和其他人有什麼不同。

他們跟她說明，只要她待在這座城堡裡，就會一直是這個樣子；她會看到強暴她或對她施與酷刑的人的臉，但這絕對不會發生在夜裡，而且她永遠不會知道誰該為最糟糕的事負責。他們鞭打她的時候也是一樣，除非他們要她看著自己被鞭打，才不讓她戴眼罩，但他們會戴起面罩，她就無從再分辨他們誰是誰。她的愛人扶她站起來，讓她披著她的紅披風坐在壁爐邊的一把椅子上，聽他們要跟她說的話，看他們要讓她看的。她的雙手仍被束縛在背後。他們給她看一根馬鞭。鞭子是黑色的，又細又長，細細的竹條外包覆著皮革，就像在鞍具商的櫥窗裡看到的那種。她最早看到的那個男人腰上插著的皮鞭很長，是用六條長長的帶狀皮革做成，尾端打一個結；另外還有一條繩子做的細鞭，尾端打了好幾個結，而且這條鞭子很僵直，就好像浸泡過水一樣。它的確泡過水，就像她感覺到的，因為他們用這條鞭子滑過她的腹部，還掰開她的大腿，好讓她感覺到繩子碰觸她內側細嫩皮膚時是潮溼且冰冷的。小桌上擺著鑰匙和鋼製的小鏈條。牆上有一面書櫃的內壁構成半面牆那麼高的凹廊，由兩根柱子支撐著兩邊，其中一根上頭釘了個鉤子，高度在一個人踮著腳尖、高舉手能碰觸到的地方。她的愛人把O抱在懷中，一隻手在她的肩膀下，另一隻手搭在她私處，燒灼的感覺讓她就要撐不住。他們跟她說，待會兒要解開她的手，但只是為了用同一組手環加一條小鋼鏈把她拴到其中一根柱子上。除了雙手被高高固定在頭上之外，她還能活動，也可以看到鞭子抽打過來。原則上，他們只會鞭笞她的臀部和大腿，也就是腰部到膝蓋以上，那個在帶她來的車子裡幫她打理好、讓她光著腿坐在後座的部位。不過，在場這四個男人之一可能會想用短馬鞭抽她的大腿，好留下美麗的鞭痕，又長又深，又能久久留下痕跡。他們不會讓她一次承受所有的痛苦，而她可以盡情叫喊、掙扎、哭叫。他們會給她喘息的時間，不過當她一喘過氣來，他們又會重新開始。他們不是以她的叫聲或眼淚來評斷成果，而是視鞭子在她身上留下的痕跡夠不夠深、夠不夠持久而定。他們提醒她，用這種方法來判斷鞭打有沒有效果，除了公正之外，除了讓被鞭打的人無法用誇張的呻吟來換取同情之外，他們還可以在出了城堡城牆外的地方、在戶外的公園中——就像經常會發生的那樣——或在任何一間普通公寓、旅館房間裡繼續鞭打她，只要事先用口銜封住她的嘴就好（他們立刻把口銜展示給她看）；它只讓眼淚自由奔流，堵住所有叫喊，只縱容幾聲呻吟。

但今天晚上，他們不打算封住她的嘴。相反的，他們想聽O喊叫，而且愈快愈好。O出於自尊心而克制自己不叫出聲，但撐不了多久就忍不住了。他們甚至還聽見她哀求他們放開她，哀求他們停一會兒。她為了躲過鞭子的鞭打，不停扭動身軀，幾乎在柱子前兜起圈子來，因為拴住她的鏈子很長，而且有點鬆，但很堅固就是了。結果她的腹部、大腿前側和身體兩側，還有臀部，幾乎承受了一樣多的鞭子。在暫停一會兒後，他們決定在她腰間綁一根繩子，把另一頭綁到柱子上，再開始繼續鞭打她。為了讓她的身子好好固定在柱中央，他們把她幫得很緊，逼得她的上半身往一邊前傾，屁股往另一邊翹起。從這時起，鞭子不再錯落，除非是故意的。考慮到她的愛人交出她的方式，O本來應該可以訴諸他的憐憫，但這麼做他反而會加倍殘酷對待她，好從她的嘴裡聽到他的權力是無可置疑的。而且事實上，是他最先注意到皮鞭在呻吟著的她身上留下最少痕跡（用潮溼的繩鞭與短馬鞭則會立即留下痕跡），因此可以鞭久一點，而且幾乎可以想打時就打，於是他請他們改而只用皮鞭。在這之間，他們當中有人只愛女人和男人共通擁有的後庭，被她高高翹起的屁股所吸引，而她愈想要逃開，就愈是挑逗人，於是他要求眾人暫緩一下，讓他好生消受一番。他掰開她被鞭子打得仍熱燙燙的臀部，不無困難地插入她，還一邊表示得讓這個孔洞更方便插入。所有人都認為這是可行的，也會找方法擴大她的後庭。

他們終於解開這個年輕女子。披著紅色披風的她，腳步蹣跚，幾欲昏倒。在帶她回到她的牢房前，他們告訴她在城堡裡必須遵守的相關細節，以及她離開城堡後（離開以後她也不得自由）必須繼續遵守的規矩。他們讓她坐在靠近壁爐邊的一張椅子上，然後按了鈴。之前接待她的那兩名年輕女子，帶來她停留這裡的期間該穿的服裝，以及一只戒指，讓在她之前來過城堡或在她離開後來到城堡的客人們可以藉此認得她的身份。這身服裝和她們的很類似：帶撐架的馬甲在腰際緊緊束攏，上漿的襯裙上搭了一件裙身寬大的連身裙，短上衣包裹的乳房呼之欲出；那副馬甲讓乳房高高聳起，蕾絲花邊幾乎遮不住它；襯裙是白色的，馬甲和連身裙則是水綠色的綢緞，搭配白色的蕾絲花邊。穿好衣服後，O又回到壁爐邊的椅子上。暗淡的服裝，將她的臉色襯得更蒼白。兩個年輕女人什麼話也沒說就要走了。四個男人之一在她們經過身邊時攔下其中一位，比手勢要另一個女人等一下，然後帶著他攔下的那個女人回到O的身邊。他讓女人轉過身，一隻手抓住她的腰，另一隻手掀開她的裙子，展示給O看，並說明為什麼要她們穿這樣的服裝，以及這種設計多麼具有巧思，只要加上一條簡單的腰帶，就能隨意把裙子高高掀起，方便他們取用裙下的一切。事實上，他們常讓女人在城堡或園子裡用這種方式四處走動，或只是撩起裙子前面的部分，而且不管前後都一樣撩到腰際。他們讓這個年輕女人展示給O看怎麼挽起裙子：捲起好幾捲（就像把頭髮捲進髮捲那樣），再用腰帶緊緊繫住，前面就捲在正中央，好讓下腹露出來，後面則捲在後背正中央，露出臀部；不論從前面或後面捲，襯裙和裙子都在兩側像瀑布一樣往下垂墜。而這個年輕女人就和O一樣，臀部有短馬鞭的鞭痕。展示完後，女人離開了。

他們對O說了下面這段話。

「妳在這裡是為了服侍主子們。白天，會讓妳做一堆家事，像是掃地、收拾書架上的書或插花，又或者是伺候主子們吃飯。不會有比這些事更困難的事。不過，只要命令一下達，或只要稍有指示，妳就要立刻照做，因為妳真正的工作，是交出妳自己。妳的手不是妳的，妳的胸部，妳身上的孔洞，都不是妳的；只要我們高興插入，就可以盡情地進出。還有一件事，妳心裡要時時記住的是，妳沒有權利逃開或閃躲。在我們面前，妳的唇永遠不會完全閉合，也不准交叉雙腿，或把腿併攏起來（從妳一到這裡，妳就知道自己沒有權利這麼做）。這對妳和我們都意味著，妳的嘴、妳的肚腹和妳的腰臀，全都為我們而敞開。在我們面前，妳永遠不准碰自己的乳房：那一對馬甲高高托起的乳房，是屬於我們的。在白天，妳會穿著衣服，如果我們命令妳掀起裙子，妳就要乖乖掀起，而且誰想享用它就能享用，不戴面罩——除了他想鞭打妳的時候。日落以後、日出以前，妳不會被鞭打。但除了那些可以隨意鞭打妳的人賞妳鞭刑之外，如果妳白天沒有遵守規定——意思是，要是妳沒有樂意聽命，或是抬眼看了跟妳說話或占有妳的人——晚上妳就會被鞭打處分。妳永遠不能看我們的臉。當我們在晚上穿的服裝裡露出我們的性器官，像妳現在眼前看到的，這不是為了方便，因為不穿這身服裝也同樣方便，而是出於傲慢無禮，要讓妳的眼睛盯住它看，不看別的地方，讓妳知道妳的主子就是它，妳的唇第一要務是為它所用。白天裡，我們穿著一般的服裝，妳則穿著現在這身衣服，也要遵守同樣的命令；要是我們命令妳敞開妳的服裝，等我們占有完妳以後，妳要自己穿好衣服。而在夜裡，妳只會有妳的唇和被掰開的臀部來尊崇我們，因為妳的手會被綁在身後，而且會像妳剛才被帶來時一樣全身赤裸。我們如果蒙起妳的眼，是為了惡待你和鞭笞你——現在妳已經知道我們會怎麼打妳了。這麼說來，妳應該要習慣接受鞭打，因為只要妳在這裡，每天都會受到鞭打，但這不是為了我們的樂趣，而是為了妳的教育。妳會明白這話是什麼意思——如果晚上沒人想要妳，妳得等著負責鞭打你的僕役到妳孤單的牢房來施用妳該接受而我們沒有興致給的。事實上，鞭打妳和把妳鍊起來——拴在妳項圈的扣環上，讓妳感覺稍微有點緊地綁在床頭，一天好幾個小時——都不是為了讓妳感覺痛苦、讓妳叫喊，或是流眼淚，而是要讓妳感覺到妳不是自由的，讓妳知道妳完全受控於妳身外的事物。等妳離開這裡後，妳會戴上一枚戒指，好讓人分辨出妳的身份。到時候，你會知道妳應該服從戴著同樣標誌的人——即使妳身上穿著再平常不過的服裝，他們也會知道妳在裙子底下永遠都是赤裸的，而且是為了他們而赤裸。要是有人覺得妳不聽話，就會再把妳帶回這裡，我們會帶妳到妳的牢房去。」

在他們對O說話的時候，剛剛那兩個幫她穿衣服的女人又回來了，站在剛剛他們鞭打她的柱子兩邊。不過，她們沒有碰到柱子，彷彿它讓她們感到害怕，或是他們不准她們碰觸到它一樣（比較可能是這個緣故）。男人說完話後，她們走到O的旁邊。O知道自己應該起身跟她們走，於是她站起身，兩手拎起裙子以免踩到而跌倒，因為她不習慣穿長裙，而且覺得穿著這麼厚底、高跟的鞋子走路不太穩。這雙鞋上有一條和她的衣服同樣是水綠色的厚綢緞帶，防止鞋子從腳上鬆脫。在彎下身時，她轉過頭。兩個女人正等著她，但那四個男人已經不看她了。她的愛人席地而坐，背靠著軟墊，弓起膝蓋，兩邊手肘頂在上頭，手裡把玩著皮鞭。她剛跨出第一步要走到那兩個女人身邊時，她的裙子拂過他。他抬起頭，對她微笑，叫她的名字，然後站起身。他輕撫著她的頭髮，用指尖順了順她的眉毛，柔柔地吻著她的唇。他大聲對她說，他愛她。O顫抖著，畏懼中發現自己對他說出「我愛你」，而且是真心的。他將她攬進懷中，對她說：「我親愛的，我心所愛。」他吻她的脖子與耳腮邊，她把頭靠到他紫色的袍子上。這次他低聲對她說他愛她，又再低聲說：「妳要跪下來，愛撫我、親吻我。」然後他推開她，示意那兩個女人讓開，讓他可以背靠著小桌子邊。他很高大，桌子卻沒很高，他穿著紫色緊身褲的兩腳微屈，身上的袍子像帳子一樣展開來，小桌邊上的突飾微微托起他沈重的性器官與周圍的淺色毛髮。另外三個男人走近過來。O跪在地毯上，綠色的洋裝有如花冠一般在她四周綻開。她的馬甲緊緊箍著她，乳房在靠近她愛人膝蓋的地方。有個男人說：「燈再亮一點。」他們調整燈光，讓光源直接投射在他的性器官和她的臉上。她的臉離他的性器官很近，而她的手愛撫著它。這時候，荷內突然命令道：「再說一遍我愛你。」於是O說了：「我愛你。」輕盈得就像她的嘴唇小心翼翼地觸碰他還被保護在柔軟皮膚下的性器官前端。正在抽菸的另外三個男人評論著她的動作、她的嘴在他的性器官上的閉合、上上下下滑動，以及她因為它直撞入她的喉嚨、頂住她的舌頭而忍不住作嘔出聲，臉上因此滿是眼淚，卻仍在被硬起來的性器官塞滿嘴時，口中喃喃說著：「我愛你。」那兩個女人分別站在荷內的左、右側，讓他兩手分別環繞在她們的肩頭。O聽見其他三個男人的評論，努力在這些話語之外傾聽她愛人的呻吟。她專心一意，以無比的敬意，以她知道他會喜歡的緩慢速度來撫愛他。O知道她的嘴巴長得很漂亮，因為她的愛人願意深深刺入他的性器官，因為他願意在別人面前接受吸吮，因為他最後終於噴發出來。她對待她愛人的方式，就像對待一個神祇。她聽見他叫喊出聲，聽見其他人的笑聲，她接收了一切後，身子癱軟倒地。兩個女人扶她站了起來。這一次，她們帶走了她。

室內拖鞋啪啪踩在走道的紅色地磚上，兩側是一道接著一道的門，隱祕又乾淨，門上有小小的鎖頭，像大飯店的房門一樣。O不敢問這些房門背後是不是有人住，而住在其中的人又是誰。兩個女人其中之一對她說：「妳住在紅廊，妳的僕役叫做皮耶。」這是O頭一次聽到她的聲音。「哪來的僕役？」O問道。這個女人說話的溫柔聲調令O印象深刻，於是又問：「妳們叫什麼名字？」「我叫做安德蕾。」「我叫做珍娜。」另一個回答。安德蕾又說：「僕役手上有鑰匙。他負責綁住妳、解開妳。在妳該受懲處時，或別人沒時間時，也是由他鞭打你。」珍娜說：「我去年也住在紅廊，皮耶那時候就已經在那裡了。他經常都是晚上來。鑰匙在僕役手上，房間裡也屬於他們的管轄範圍。他們有權利要我們幫他們做事。」

O想問皮耶是什麼樣的人，但沒來得及問。在走廊的轉角處，她們讓她停在一扇和其他的門看起來沒什麼不同的門前。在它和下一扇門之間有一張座椅，她看見一個像農夫一樣的人坐在上面，矮矮壯壯，臉色紅潤，頭幾乎剃光了，還有一雙深陷的黑色小眼睛，脖子上一圈肉。他穿得像輕歌劇裡的僕役一樣：花邊襯衫的前襟從黑色背心裡露出來，背心外再套著一件紅色短外套。他穿著黑色褲子、白色襪子和一雙漆皮皮鞋，腰上也掛著一條皮鞭，兩隻手上布滿棕色的毛。他從背心口袋掏出了一把鑰匙，打開門，讓三個女人入內，並說道：「我把門關起來。等妳們結束以後再按鈴叫我。」

牢房很小，裡頭共有兩間房。通往走廊的門關了起來，她們置身一間側廳裡，再往裡面走去就是房間，房裡有另一扇門通向浴室。這幾道門的對面有一扇窗戶，而門與窗戶之間，左側的隔牆邊放著一張床身很低的方形大床。除此之外，沒有其他家具，也沒有鏡子。牆面是鮮紅色的，地毯是黑色的。安德蕾告訴O，這張床不過是在一個台子上鋪上床墊，再鋪上一塊長毛的仿毛皮黑布而已。枕頭和床墊一樣又平又硬，枕頭套是和床單一樣的料子，都是兩面仿毛皮黑布。牆上唯一可見的東西是一個亮晶晶的大鋼環，環上穿著長長的鋼鏈直垂到床上，堆疊成一小堆；鏈子的另一頭約有手臂那麼長，尾端附一個掛鎖，像用束帶收攏窗簾那樣固定住

「我們要幫妳洗澡。」珍娜說。「我要脫掉妳的衣服。」

這間浴室有兩個特點，一是在靠近門的角落有個蹲式廁所，再者是四面牆都是玻璃。安德蕾和珍娜等O脫得赤裸裸後才讓她進入浴室，並把她的衣服放在靠近洗臉盆的櫃子裡；室內拖鞋和紅色披風早就放在裡面。她們也跟著她留在浴室裡，於是當她上廁所時，發現四面的玻璃交相映射出無數人影，令她感覺一無遮掩，就像剛才在圖書室裡有數隻陌生的手侵犯她時一樣。「等晚一點皮耶來，」珍娜說。「妳就會知道了。」「皮耶？」「當他來鍊住妳的時候，也許會要妳當他的面蹲廁所。」O感覺自己臉色發白。「但這是為什麼？」她問。「因為這是一定要的。」珍娜說。「不過，妳算運氣好的了。」「為什麼說我算運氣好？」「是妳的愛人帶妳來這裡的，對吧？」「對。」O說。「妳會受到比較嚴酷的對待。」「我不懂。為什麼？」「妳很快就會懂的。我按鈴叫皮耶來。我們明天早上再來找妳。」

安德蕾離開時臉上帶著笑容，珍娜卻在尾隨她離開之前愛撫了O的乳頭，令O驚愕地呆立在床腳。她的身上，除了戴著項圈、手環——洗澡時都被泡溼了，變得緊緊扣在她的脖子和手腕上——之外，一絲不掛。

「哈囉，美麗的女士。」僕役走進來，跟她打招呼。他抓住她的雙手，把她一邊手環上的扣環拴到另一只手環上，將她兩手緊緊扣在一起，再拴到脖子項圈上的扣環，因此現在她是兩手受縛在脖子下的位置，有如在禱告一樣。接下來只剩把她鍊在牆上就好了，就用床上那根鏈子與床頭上方的大鋼環。他取下鏈條另一頭的掛鎖並拉動鏈條，讓鍊著O的這頭短一點。她被強帶到床頭、躺到床上。鏈條在金屬扣環裡輕碰出響聲，而它的長度正好只夠讓O在床上移動，或站在床頭兩側。由於項圈受到鏈條牽制，也就是把她向後拉，而她的雙手又牽制她向前，由此形成一種平衡的力量，使她的兩手往左肩上靠，頭也不由自主往左肩傾。僕役動手讓她雙腿弓屈在胸前，以檢查她兩腿間的隙縫，然後把黑色仿毛皮被子拉過來蓋到O的身上。除此之外，他沒再碰過她，也沒多說一句話，熄了兩扇門之間的壁燈後便徑自離開。

O靠著左側獨自一人躺在黑暗與靜謐中，身上蓋著兩層毛皮讓她覺得熱，也動彈不得。她心想，為什麼這麼可怕的事當中會帶著如此的甜美，或者說，為什麼這麼可怕的事本身竟如此甜美。她意識到一件最令她悲痛的事——她的雙手被剝奪了。倒不是說她要是有手就能夠護衛自己（再說，她會想護衛自己嗎？），而是如果她兩手沒被縛住，是自由的，她就能擺出姿態，就能試著推開那些在她身上蠢動的手和插入她的性器官，就能試著阻擋鞭子打在她的臀部上。他們剝奪了她的手。她碰不到自己在被子裡的身體，沒辦法碰觸自己的膝蓋、自己的肚臍。這種感覺真的很奇怪。她碰不到自己雙腿間燒灼著的唇瓣，而它們之所以燒燙，或許是因為她知道它們是為所有想要的人而敞開，例如僕役皮耶，如果他想插入她的話。她也很訝異地發現，自己雖然受了鞭子打，心情卻十分平靜，但她又為自己永遠不會知道那四個男人中是誰兩次從她後庭進入、是否兩次都是同一個人，以及那是不是她的愛人而難過不已。她微微翻身側趴，想著她的愛人寵幸她股間的隙縫，想著除了今天晚上(如果那是他的話)，他從來不曾插入她這裡。她希望那是他。她會問他那是不是他嗎？不，她永遠不會問他。她想起他的手——在車子裡拿走她的吊襪帶和內褲，還幫她拉開兩腳絲襪的鬆緊帶、讓她把它們捲到膝上。回憶的影像是這麼鮮明，讓她忘了自己的手被拴著，不自覺扯動了鏈條，發出聲響。還有，為什麼她對酷刑的記憶不是很在意，卻只要一想到鞭子，一想到這個字，一想到鞭子的樣子，卻會讓她的心狂跳，讓她因恐懼而閉上眼？她沒有進一步思考這種感覺是否真的是恐懼，而是忽然驚惶起來，想到他們會拉扯鏈條讓她站在床上，想到他們會鞭打她，打到她的身子都緊貼到牆上了，他們還繼續打。鞭打她。「鞭打」這個字眼一直盤旋在她的腦子裡。珍娜說了，皮耶會鞭打她。妳算運氣好的了，妳會受到比較嚴酷的對待。珍娜這麼說。她這話是什麼意思？她再也感覺不到自己身上的項圈、手環和鏈條，再也意識不到自己的身軀。她會懂的。她睡著了。

在半夜四、五點，天快亮之前，夜裡一片漆黑寒冷的時候，皮耶又出現了。他點亮浴室的燈，讓浴室的門開著，令燈光在床中央投射出一塊方形的亮光，正好照在O纖瘦、蜷曲起來的身體上，在被子下微微隆起。皮耶悄悄掀開被子。由於O靠著左側睡——臉朝窗戶，抱著膝——她白皙的屁股映襯著黑色的仿毛皮床單，進入他的眼簾。他從她的頭下抽出枕頭，客氣地說：「請站起來。」她摸索著、抓著鏈條跪坐起來，他再扶著她的手肘，幫她站起身，正對著牆壁。因為床是黑色的，照射其上的光線因此顯得微弱，只夠映亮她的身軀，無法看清他的動作。她看不到，但猜想他正在調整鏈條：從鉤鎖中取下鏈條，扣到另一種鍊環上，使鏈條縮短一點，讓她感覺它變得更緊了。她光著腳站在床上。她也看不到他腰間插著的不是皮鞭，而是黑色短馬鞭，類似她被綁在柱子上時只用來鞭打過她兩次、下手也沒太重的那根短馬鞭。皮耶把左手放到她的腰上，床墊因為他把腳踩在上頭而有點變形。在此同時，半明半暗中她聽到一聲呼嘯聲，感覺臀部上一陣灼熱，隨即喊叫出聲。皮耶狠狠地鞭打她，沒等她靜下來，又鞭打了她四下，每一次都刻意稍微打高或打低一點，好讓每一道鞭痕清晰可辨。當他停手時，她仍繼續叫著，眼淚也流進她張開的嘴裡。「轉過身來。」他說。但她還在一陣昏亂中，沒有遵守命令。他抓住她的臀部，手中仍拿著馬鞭，馬鞭把手輕拂過她的腰間。她轉過臉來面對他，他微微往後退一步，開始使盡全力鞭打她的大腿正面。整個過程持續了五分鐘。他熄了燈、關上浴室的門後便逕自離去，留下O獨自在黑暗中呻吟，身上的鏈條被拉扯到極限，在牆邊來來回回掙扎扭動。當天色開始漸亮，她終於停止叫喊，身軀也不再扭動，牆上的印花壁紙貼著她被撕裂的肌膚感覺很冰冷。斜倚著身軀的O，面朝著那一大片落地窗。它開向東邊的方向，沒有紗簾遮陽，只掛著和壁面同樣色澤的紅色布簾披垂在窗子左右兩邊，在掛鉤下形成僵直的皺摺。O看著窗外徐徐透出魚肚白，朦朧的曙光拖曳在窗口下的紫苑花上，直到一棵白楊樹終於現身。儘管沒有風，枯黃的葉子仍不時落下。窗外除了那片紫苑花之外，還有一片草地，草地的另一頭有一條小徑。天色大白了，而O已經有好一會兒動也不動。在小徑那頭，一個園丁推著手推車出現，推車的鐵輪子壓在小碎石上發出聲音。如果他走過來清掃紫苑花壇下的落葉，這片窗戶這麼大，而這個房間這麼小、這麼明亮，他一定可以看見O被人赤裸裸地拴住，看見她大腿上的鞭痕。鞭痕已經腫起來，一道道細長創傷比牆上的紅色還要深。她的愛人是在哪裡過夜呢？他向來喜歡在安靜的早晨裡睡覺。在哪一個房間？在哪一張床？他知道他讓她受了什麼酷刑嗎？是他決定讓她承受這些的嗎？O想到那些被鍊起來鞭打的囚犯，就像歷史書裡的插畫所呈現的那樣。那是多少年、多少世紀以前的事了，那些囚犯都已經死了。她不想死，但如果這些酷刑是讓她的愛人繼續愛她所必須付出的代價，她只希望他會很開心她承受了這些，而她會溫柔、安靜地等待著他們再把她帶回他身邊。

所有女人都沒有鑰匙，而且不只沒有門的鑰匙，也沒有鏈條或手環、項圈的鑰匙。

但每個男人都有一個鑰匙串，三種鑰匙齊備，可以開啟所有的門，所有的鎖頭，或所有的項圈。僕役也有這些鑰匙，但值夜勤的僕役利用白天睡覺，所以白天是由某個主子或由另外一個僕役來開鎖。現在走進O牢房的這個男人，身上穿著皮外套，下身穿著馬褲和馬靴。她認不出他是哪一位。男人先是解開牆上的鎖，讓O終於可以躺到床上。在解開她手上的手環前，他先把手伸進她的腿間。之前她在紅色小客廳裡的時候，那個戴面罩和手套的男人也曾這樣把手伸進她的兩腿間。說不定這是同一個人。他的臉瘦骨嶙峋，頭髮灰白，目光直接，有點像預格諾派教徒[3]畫像裡的那種眼神。O盯著他看，看了許久，讓她覺得時間彷彿無止無盡，突然她心中一凜，想到之前他們交代過她的：在主子面前，她不准抬頭看他腰帶以上的部位。她趕緊閉上眼，但已經太遲，她聽見他笑了起來，並且說道：「吃過晚飯後，妳得受處罰。」他一邊說，一邊解開她手上的束縛。他交

3 Les huguenots，法國改革宗教徒，備受政教迫害，最知名事件為一五七二年發生在羅浮宮（當時為王宮）旁的「聖巴托羅繆節大屠殺」（Massacre de la Saint-Barthélemy）。

代跟他一起進來、分別站在床兩側的安德蕾和珍娜，說完就離開了。安德蕾撿起掉在地上的枕頭，以及皮耶來鞭打她時掀到床尾的被子，珍娜則從走廊上拉進一張小餐車來到床頭，上頭擺著咖啡、牛奶、糖、麵包、奶油和可頌。「趕快吃。」安德蕾說。「已經九點了，接下來妳可以睡到十二點。等妳聽到鈴聲，表示午餐時間到了，然後要洗澡、梳頭，我會來幫妳化妝和穿上馬甲。」「妳的服侍從下午開始，到時候是在圖書室裡，妳要幫忙添咖啡、倒酒，還有注意別讓壁爐裡的火滅了。」珍娜說。「那妳們呢？」O問道。「我們只負責妳到這裡來以後的二十四小時，接下來妳都要靠自己了，以後妳就只和男人接觸。我們不能和妳說話，妳也不能和我們說話。」「請留下來，告訴我……」O說道，但她還來不及把話說完，門就打開來了。原來是她的愛人來了，而且不是自己一個人來。她的愛人點起今天早上的第一根菸，樣子就像平常剛起床時一樣：身上穿著條紋睡衣，外頭再罩一件藍色毛料睡袍，是他們去年一起買的。他腳上的室內拖鞋已經磨損，應該給他買雙新的才對。兩個女人離開了，只聽得到她們拉高絲質裙身的窸窣聲（這裡所有的裙子都有一點拖地）；地毯讓室內拖鞋走起來靜悄悄的。O坐在床沿，左手拿著咖啡杯，右手拿著一塊可頌，一隻腳屈坐在身下，另一隻垂懸在床沿。她的身子動也不動，但拿咖啡杯的那隻手突然顫抖起來，右手上的可頌也掉到地上。「撿起來。」荷內說。這是他對她說的第一句話。她把咖啡杯放到餐車上，撿起可頌，放到咖啡杯旁。她的赤腳旁還留著一片可頌的碎屑，這次換成荷內彎身撿起那片碎屑，然後坐到O身邊，把她推倒在床並吻了她。她問他是否愛她。他答道：「我愛妳啊！」然後起身，也讓她站起來。他先用他涼涼的手掌按在她的鞭痕上，接著用雙唇一一吻過一遍。站在門邊抽菸的另一個男人，這時背對著他們。因為他是和她的愛人一起來的，所以O不知道自己能不能抬頭看他。但接下來的事沒能讓她擺脫不安。「過來這裡，讓大家看到妳。」她的愛人一邊對她說，一邊把她拉到床腳。他告訴他的同伴說他說得有道理，並且謝謝他，還表示要是他願意的話可以先要她。她一直不敢看他臉的這個男人先是摸摸她的乳房，再摸摸她的臀部，然後要她張開雙腿。「妳要遵命。」荷內對她說，扶她站著，讓她背靠著站在身後的他。他的右手撫摸著她的一只乳房，左手扶著她一邊的肩膀。另外那個男人坐在床沿，拉扯著她下體的毛髮，徐徐撥開保護她下身隙縫的唇瓣。荷內在知道他想做什麼時推她向前，好讓她更靠近那個男人，同時用右手攬住她的腰，以便他更方便操控她。過去，面對像這個男人這樣試圖以嘴唇撫愛她的私處時，她從不曾馬上順從，總是心懷羞愧地抗拒，而且因為她的反抗，身體還來不及有任何反應，就躲開了男人的雙唇；更何況，她覺得讓她的愛人跪在她膝前，是一種褻瀆。應該是她跪在他膝前才對。但這一次她覺得自己逃不了了，自己輸定了。因為當那男人把嘴唇湊近她私密花冠內的小肉峰時，突然激得她亢奮起來，忍不住呻吟出聲。那男人還以舌尖逗得她更加火熱。當他的嘴唇開始重新吸吮，她呻吟得更是厲害。她感覺自己的身子僵直了，隱藏的蒂心也硬挺起來；男人對它又咬又吸，怎麼都不放過它，讓她幾乎喘不過氣。她再也站不住，回過神時已經倒在床上，而荷內的嘴壓在她的嘴上，並且用兩手壓著她的肩頭，把她壓制在床。同一時候，另外那個男人把手放到她的膝蓋後方，抬起她的腿。她被綁在後腰處的手（當荷內把她往那男人身上推去時，就利用她兩邊的手環扣住了她的手）輕輕碰到了那男人的性器官。他的性器官順著她的兩股間隙往上移，然後直衝入她的腹部深處。頭一下，讓她叫了出來，像受到鞭打時那樣；之後的每一下，她的愛人就咬她的嘴唇一下。突然，那男人從她的身體抽離，好像被雷擊了一樣翻倒在地，也叫喊出來。荷內解開O的手，讓她躺到床上，幫她蓋上被子。那男人站起身來，和荷內一起離開她的牢房。那一剎那間，O覺得自己解脫了，灰飛煙滅了，下地獄了。她在陌生男人的唇下呻吟，而她從不曾在她愛人的唇下這麼呻吟過；她在陌生男人的性器官撞擊下叫喊，而她從來沒有在她愛人的撞擊下這麼叫喊過。她受到了褻瀆，她是有罪的。如果他要離開她，那也是應當的。不過，事情並不是這樣。他又回來了。他留下來跟她在一起，躺在她的身邊，蓋著被子，滑進她仍然熾熱、潮溼的下腹，抱她入懷，對她說：「我愛妳。等我哪天也把妳給了僕役，晚上我會來把妳鞭打到流血。」接下來，陽光驅散了薄霧，淹沒整個房間。但直到中午的鈴聲響了，他們兩人才醒來。

O不知道該做什麼。她的愛人就在這兒，就像在他們同居的那間屋子裡時一樣，那麼靠近，那麼溫柔慵懶，每晚總是睡在她身邊。那房子的天花板低矮，擺了一張大床，英國式的桃花心木製四柱床，床頭的柱子比床腳的來得高，但是沒有頂篷。他總是睡在左側，每次他醒來，即使在半夜，也會把手伸向她的大腿。所以她從來不穿睡衣，否則就是只穿睡衣、不穿褲子入睡。他現在也一樣這麼做。她執起他的手，吻了一下，沒敢多要求他什麼，他卻說起話來。他一邊拉著她的項圈，兩根指頭插入皮革與她的脖子間，一邊對她說，從今以後她屬於他和由他決定的人，以及他不認識但同樣獲准進入這座城堡裡的人所共有，就像昨天晚上一樣。她歸他管轄，也只歸他管轄，即使她必須聽命於其他人，也不管有沒有他在場，因為不論誰都可以要求她、處罰她；他擁有她，也透過其他人的手一起享用她，透過把她交給他人的這個事實讓他得到歡愉。她必須聽命於其他人，以同樣的敬重態度來接待他們，一如接待他一樣。他擁有她，一如神擁有他的受造物；他或是以惡魔的面目，或是以小鳥的面目，或是以看不見的靈的形貌，或是以狂喜的狀態來控制她。他不想和她分開。他愈是把她交到別人手上，他就愈加不能和她分開。把她交給別人對他是一項考驗，而且對她也應該是一項考驗；她屬於他，因為你只能交出屬於自己的東西。他把她給別人，是為了立刻索回她；而將她索回後，她在他眼中更顯豐富珍貴，正如一件平凡無奇的東西被用於神聖的用途之後，這東西也變得神聖起來。長久以來，他就想讓她當妓女，而他感覺自己從中得到的歡愉還超出自己所想像的。這麼做，她愈是受到屈辱與傷害，他就更離不開她，一如她也會更離不開他。既然她愛他，所以她只能愛出於他而發生在自己身上的事。O聽著他說，全身不禁因洋溢著幸福而顫抖起來，因為他愛她，讓她為之震顫，所以願意答應他一切。他毫無疑問猜到了她的心情，因為他接下來又說：「這是因為，妳可以很輕易地答應我那些妳不可能接受的事，即使妳現在表示同意，即使妳現在說好，即使妳以為妳有辦法承受，但是到時候妳還是會反抗。我們會讓妳不得不順服，不只是為了讓我或其他人得到無與倫比的歡愉，也是為了讓妳清楚意識到我們在妳身上所做的一切。」O正想回答他，她是他的奴隸，他們之間的這種關係讓她非常歡喜，但他沒讓她說話，立刻接著說：「昨天已經有人告訴妳，只要妳待在城堡裡，就沒有權利看男人的臉，也沒有權利跟他說話。對我，也是一樣。在我面前，妳只有閉嘴，並聽命行事。我愛妳。起床吧。從此以後，在男人面前，妳只有為了叫喊或為了呻吟才能張嘴。」於是O起身下床，荷內則繼續躺在床上。她洗了澡，梳了頭。受到鞭傷的腰部泡進溫水裡時，她忍不住打起哆嗦。她只用海綿輕輕擦著，不敢用力擦拭，免得弄痛了傷口。她塗上口紅，沒畫眼影，在臉上撲了粉，依舊一絲不掛地回到她的房裡，低垂著頭。荷內正看著剛走進房的珍娜。珍娜站在床頭，也是垂下眼睛，默不作聲。他對她說，幫O穿上衣服。珍娜取來綠綢緞馬甲、白色襯裙、連身裙和綠色室內拖鞋，幫忙在O的前胸扣緊馬甲，從她背後拉緊繫帶。馬甲裡有撐架，又長又硬，就像流行蜂腰的那個時代一樣，還縫入襯墊撐托乳房。馬甲束得愈緊，乳房就提得愈高，令乳頭更明顯突起。同時，腰束緊了，就會讓腹部前挺，讓臀部更翹。奇怪的是，這樣的撐架穿來卻非常舒適，甚至就某種程度來說讓人覺得放鬆。穿著它讓人整個直挺挺，卻又格外感受到自由——不知道原因為何，或許可以說是出自對比——或更確切來說，不受束縛的地方所帶給人的自在感。至於它的寬擺裙身與上衣的梯形開口——露出從頸底到乳頭的整片酥胸——對她來說比較具有挑逗、展示的意味，而不是件提供保護作用的服裝。珍娜在幫O打雙環結時，O從床上拿起她的連身裙。這件連身裙的裙身跟可拆卸的襯裙搭配成套，短上衣的繫帶在胸前交叉、在背後打結，讓它多少可以隨著她胸部的細緻線條調整鬆緊度。珍娜將繫帶綁得死緊，O從浴室敞開的門裡看到自己在鏡子裡的倒影顯得細瘦，厚重的綠色綢緞包裹著她的臀部，看來就像裡面有用圈環撐起的效果。珍娜和O並肩站著。珍娜伸手撫平O綠色連身裙袖子上的一道皺痕，牽動乳房在她上衣的花邊裡顫動，可以看到她的乳頭很長，乳暈呈棕色。珍娜的連身裙是用黃色橫紋綢縫製成的。荷內走到兩個女人身邊，開口對O說：「妳看。」然後對珍娜說：「撩起妳的裙子。」她用兩手掀起絲裙和裡頭的細麻布襯裡，發出窸窣的聲響。O看到她金黃色的腹部、光滑的大腿和膝蓋，以及一片黑色的三角地帶。荷內伸出手，在她裙底下悠悠地摸探，同時用另一隻手讓她一邊的乳頭硬挺起來。他對O說：「好好看著。」O聽他的話定定看著。她看著她的愛人的臉，看他神情諷刺卻又一臉專注地看著珍娜微微開啟的嘴唇，以及她繫著皮項圈、微微後仰的頸項。她能帶給他的歡愉，其他女人是不是也能帶給他呢？「妳沒想過這個嗎？」他又說。沒有，她想都沒想過。O渾身僵住，靠著兩扇門之間的牆邊頹然倒下，雙手無力地垂落。這時候他不需要命令她不要講話。她怎麼還說得出話來？或許她的悲戚絕望打動了他。他離開珍娜，走過來把O抱在懷中，一遍又一遍對她說，我的愛，我的生命，不斷重複說著他愛她。他愛撫她的胸部和頸部的那隻手，滿是珍娜私處溼潮的味道。然後呢？本來滿心絕望的她重拾了一點希望：他愛她，喔，他愛她。他是主子，有權利從這個女人或另一個女人身上得到歡愉，但他愛的是她。「我愛你。」她輕聲在他耳邊說：「我愛你。」聲音輕得幾乎聽不到。「我愛你。」他一直待到她眼睛再次清澈、神情柔和且開心起來之後，才離開她的牢房。

珍娜拉著O的手，把她帶到走廊上。她們的室內拖鞋踩在地磚上，再次發出啪啪的聲響。房門之間的沙發椅上，同樣有個僕役坐在那兒。他穿得跟皮耶一樣，但不是皮耶。這個僕役長得比較高大，有點乾癟，毛髮是黑色的。他走在她們兩人前頭，領著她們走進一間側廳，裡頭有一道鑄鐵門，門前掛著兩塊大大的綠色布簾，兩個僕役在門前看守，腳邊各跟著一隻有火色斑紋的白狗。「這裡是禁院。」珍娜低聲說。走在兩人前頭的那名僕役聽見了，轉過身來。O詫異地看到珍娜頓時臉色蒼白，放開了她的手，另一隻手也放開了挽著的裙子，跟著雙膝落地，跪在黑色的地磚上（這間側廳的地板是用黑色大理石鋪成的）。那兩名僕役笑了起來，其中一個走到O的身邊，請她跟他走。他打開一扇門（正對著她剛才走進的那道門），隨即側身站到一旁。O聽見笑聲與腳步聲，然後門在她身後關上了。她始終不知道後來到底發生什麼事：是否珍娜因為說了話而受到懲罰，處罰的內容又是什麼；抑或，她只是任憑僕役隨意處置；還是，是否她跪下來就已經遵守某個規定了；又或者是，她試圖讓僕役心軟放過她，最後也成功達到目的。她觀察到，在她第一次停留城堡這段期間（共兩星期之久），雖然保持緘默的規定很嚴格，但是在大家來來去去的時候，或是在用餐時，違反緘默規定的情況其實不少，尤其當白天只有僕役在場的時候。這就好像衣服可以帶給她們自信心，而到了晚上，赤身裸體加上被鏈子拴住，還有主子在場，這份自信心便消失無蹤。她也注意到，女孩們雖然想都沒想過要對主子做出任何讓人感覺像在挑逗的動作，但對僕役又是另外一回事。僕役從來不會下命令，雖然他們客客氣氣地請妳做什麼，其實也跟命令一樣無法抗拒。當只有他們在場時，他們可以下令處罰違反規定的人。O就親眼看過三次，女孩們被抓到講話，僕役便把人推倒在地，當場鞭打起來。其中有一次是在通往紅廊的走道上，兩次在食堂裡。所以，雖然他們第一天說過僕役會在夜裡懲罰她們，但那時是在大白天，僕役也照打不誤，好像他們不受規定約束一樣，可以任意行事。僕役的服裝在白天看起來很怪異，而且具有威脅性。有幾個僕役穿著黑色長襪，而且沒穿戴紅色外套或白色襟飾，而是穿著袖子寬大、在手腕處緊束的紅色絲質襯衫，脖子周圍有打褶裝飾。在第八天中午，就是一個這樣打扮的僕役，手裡拿著鞭子，要坐在O附近一個名叫瑪德蓮的豐滿金髮女子從椅子上站起來。這個擁有一片粉嫩酥胸的瑪德蓮對僕役微微一笑，飛快對他說了幾句話，快到O沒聽見她說了什麼。那個僕役還沒來得及對瑪德蓮做任何事，她已經跪到他的腳前，用她白皙的手挑逗並解放他黑色絲質褲底下的性器官，再送入她半張的嘴裡。這一次她沒受到鞭打。當時，這個僕役是唯一在場監督女人的人。他閉上眼接受了瑪德蓮的吸吮，其他女人則開始交談起來。也就是說，僕役是可以收買的。但是，這麼做又有什麼好處呢？如果說有哪項規定是O很難徹底遵守的，而且到頭來從未真正嚴格遵守過，那就是不可以看男人的臉——這項規定也同樣適用於僕役。因為對人臉的強烈好奇心，讓O覺得自己時時處於危險中。她的確為此而被兩個僕役鞭打過，但也不是每次她被抓到看男人的臉時都會受到處罰（除了因為他們並未那麼嚴格執行規定，可能也因為他們相當樂在其中，不想因為嚴格執法而失去享受女人移轉視線帶給他們的樂趣：她們為了迴避僕役的眼睛和嘴巴，往往把目光轉移到他們的性器官與執鞭的雙手上，就這樣在這些部位之間游移不定），只有當他們真的想羞辱她時才鞭打她。而當他們決定要處罰她時，不論那有多殘酷，她從來沒有那個勇氣——或者說沒那麼軟弱——跪倒在他們腳下。就算她有時會屈服，也從不討好他們。至於謹守緘默的規定，對她而言根本不算什麼。除了在她的愛人面前，她從不曾在外人面前違反這項規定，即使是女孩們趁僕役不注意時對她說話，她也都只是點頭或搖頭示意。那通常是在用餐的時候，地點就在之前那個高大僕役帶她和珍娜去的那間側廳。這裡的牆面是黑色的，地磚也是黑色的，厚玻璃製的長桌也是黑色的，每個女孩都坐在覆著黑色皮革的圓形椅凳上，坐下去之前得撩起裙子，讓O又找回當時她坐在汽車後座，她的愛人要她脫掉絲襪和內褲，讓大腿直接接觸又冷又光滑的皮椅時的感覺。相對的，等她離開城堡以後，穿著跟每個人相同的一般服裝——但底下不穿內褲——每當她撩起她的套裝或裙子坐在她的愛人（或另一個人）的身邊，不論是在車裡或咖啡廳裡，也都會讓她重溫自己在城堡時經歷的一切：絲質馬甲裡裸露出來的乳房，那些在她身上肆無忌憚的手和嘴——也找回城堡裡可怕的緘默。但在此同時，也唯有緘默能拯救她，如果不算鏈條的話。鏈條和緘默，在她的內心深處捆綁住她，掐住她，窒息她，但相反的，又讓她得到解放。當她的愛人讓她當著他的面變身為妓女時，如果他們允許她說話，如果他們讓她有所選擇，她會變成什麼樣？是的，在受刑罰時，她是開口了，但呻吟與嘶喊算得上說話嗎？何況他們常用口銜塞住她的嘴，讓她緘默。在那些目光、撫觸和性器官的凌辱下，在鞭子的撕裂下，她迷失在忘我的狂亂中，使她更接近愛，或許也更接近死亡。她等於是任何一個人，等於其他任何一個女孩。她們每個人都跟她一樣敞開、一樣被迫——她看到她們敞開、她們被迫——她都親眼看到了，只是沒被命令出手幫忙而已。在她抵達城堡的第二天，但還不滿二十四小時，用過餐後她被帶到圖書室，去為主子們添咖啡和柴火。珍娜陪著她——那個黑髮僕役後來把她帶回來，還有一個叫做莫妮可的女孩同行。這個黑髮僕役領著她們三人來到圖書室，並留在O被綁過的那根柱子旁待命。圖書室裡這時還沒有人，敞開的法式窗門面向朝西，只見秋天的太陽在幾乎沒有雲朵的天空慢慢移動，點亮了五斗櫃上一大把散發著泥土、枯葉味道的菊花。黑髮僕役問O說：「皮耶昨晚鞭打妳了嗎？」她點頭稱是。僕役又說：「妳應該把鞭痕露出來。請撩起妳的衣服。」語畢他看著O從背後掀起她的衣服（就像珍娜昨天晚上做的那樣），掀高到珍娜幫她綁緊繫帶的部位，然後下令叫O點燃柴火。滿是皺褶的綠色綢緞、白色襯裙像瀑布一樣包裹住O的臀部到腰際、大腿、纖細的小腿。五道鞭痕都變黑了。柴火在壁爐裡已經預備好了，O只要用火柴點燃一根稻草、放到細枝上就可以。蘋果樹的樹枝很快就著火，然後是橡樹的木塊。無色的火花高高竄起，發出劈啪聲響，在白天的光線下幾乎不可見，只有香氣傳來。另一個僕役走了進來，在小桌上擺了一只托盤，上頭有咖啡壺和咖啡杯，然後徑自離開。O走到小桌子旁，莫妮可和珍娜則仍站在壁爐兩旁。兩個男人走了進來，最早的那個僕役也在這時離開了。O覺得自己從其中一個男人的聲音認出了昨天晚上強迫了她的人，就是那個要求讓她的後庭比較容易進入的男人。她一邊把咖啡倒進黑色與金色的咖啡杯裡，一邊偷瞥他，莫妮可則負責端上咖啡和糖給他。原來就是他，這個很年輕、瘦削、金髮的男孩，看來像個英國人。他繼續說著話。到這裡，她很確定自己的判斷沒有錯。另一名男子也是金髮，有點矮壯，臉色肥潤。他們倆都坐在黑色的單人座皮沙發裡，兩腳伸向壁爐，安然地抽著菸、讀報紙，一點也不在乎這幾個女人，彷彿她們不在場一樣。時而，會聽見紙張的窸窸窣窣聲，以及火炭畢畢剝剝的聲響。時而，O往壁爐裡添進一塊木柴。她坐在地上的一個軟墊上，靠近放木柴的籃子旁。莫妮可和珍娜也坐在地上，面對著O。她們的裙子彼此交疊，莫妮可的裙子是暗紅色。一個小時後，金髮男孩突然叫了珍娜和莫妮可，要她們拿來那個大軟墊（就是前一天晚上他們推倒O趴靠其上的軟墊）。莫妮可沒等進一步指示，直接跪下來，身子前傾，胸部壓上毛皮大軟墊，雙手緊抓著墊子的兩角。當男孩要珍娜掀起莫妮可的紅裙時，莫妮可動也不動。珍娜在他用詞粗魯的命令下脫掉他的褲子，兩手捧住他血肉的短劍。它曾經那麼粗暴地刺穿入O，至少一次。短劍在珍娜圈握的掌心中腫脹、硬挺起來。O看著珍娜用她那雙小手掰開莫妮可的大腿，男孩挺進她的股間隙縫，慢慢地，一次一點地，讓莫妮可呻吟起來。另一名男子看著這一幕什麼話也沒說，示意要O過來，兩眼仍緊盯著他們，一邊動手讓O趴在椅子的一邊扶手上，掀起裙子露出她整個臀部，兩手牢牢抓住她的腹部。一分鐘後荷內打開門，就是看見O這個姿勢。他說：「請不用理會我。」然後他坐到靠近壁爐的地上，那個在O被召喚之前坐的軟墊上。他專心地看著，笑看這名男子手部的每一個動作：摸索她，深入她，一次征服她兩個孔洞，愈挖愈深，使它們愈開愈大，使她終於忍不住呻吟出聲。莫妮可早就起身了，珍娜則代替O撥著火。然後珍娜拿了一杯威士忌給荷內，荷內吻了她的手一下，一邊喝起酒來，兩眼始終不曾離開O。一直抓著O的男子問荷內：「她是你的嗎？」荷內回答：「對。」那男子又說：「傑克說的有道理，她太窄了，得把她弄寬一點。」傑克說：「但也別弄太寬了。」荷內說：「你們看著辦。你們比我懂這個。」他站起身，按了鈴。

接下來的那八天裡，從她結束圖書室服侍工作的黃昏時分起，到休息時間（通常是晚上八點或十點，她會被送回牢房，身上拴著鏈條，紅色披風之下一絲不掛）這幾個小時之間，O身上必須戴著三條小鏈子，鏈子的一頭綁著一個橡膠製的仿性器官硬物，另一頭拴在一條皮製腰帶上，用這個方法避免她私處內部的肌肉運動將硬物擠出。其中一條小鏈子安置在股間，另外兩條在兩邊的腹股溝上，以便在必要時，這三條鏈子和硬物裝置不會妨礙男人插入她前面的孔洞。荷內按的鈴，是為了召人搬來一只箱子，裡頭有整套的鏈子和腰帶，以及各式大小尺寸的硬物，從最細的到最粗的，每一個都有共同的特色：底部較粗大，以免它往上被吸入身體裡，使本來應該擴大的開口又收合起來。就這樣，O每天都擴大了一些，因為傑克每天都會讓她跪下來，或說趴下來，好讓珍娜或莫妮可，或任何一個正好在場的女人，幫忙固定他所選的硬物：一天比一天粗大。晚餐時，所有女人在同一個食堂裡用餐，都已經洗過澡、化好妝，而O仍然戴著這個裝置，每個人也都會看見她還戴著它，因為外露的鏈子和腰帶。只有當僕役皮耶來鍊住她的時候，才會取下她這身裝置；如果當晚沒有人要她，皮耶會把她拴到牆上，否則就是把她雙手鍊在背後、帶她到圖書室去。幾乎每晚都有人趁機來使用她這個很快就有效果、容易插入的通道，雖然它總是比另一個孔洞來得緊一些。八天後，她已經不再需要這個裝置了。她的愛人對她說，他很高興她現在已經加倍擴大了，而且他會留意讓它維持同樣的開口。他還告訴她說，他要離開城堡幾天，七天後再回來接她一起回巴黎，所以這幾天她會見不到他。「但我愛妳。我愛妳。別忘了我愛妳。」噢，她怎麼忘得了呢？他是蒙起她眼睛的手，他是僕役皮耶的鞭子，他是她床頭的鏈子，他是咬她私處的陌生人，所有對她下令的聲音都是他。她開始疲乏了嗎？不。因為經常受凌辱，她似乎應該已經很習慣凌辱這件事；因為經常被愛撫，她應該也習慣了愛撫——只有再怎麼被鞭打，她也不可能習慣它。痛苦與歡愉得到過度飽足後，似乎應該一點一點地將她投向無動於衷的堤岸，有點像是睡眠或是進入夢遊狀態。事實卻不然，那讓她僵直的馬甲，讓她順服的鏈子，以及提供她庇護的緘默，說不定都讓她有所警醒，就像經常看著女孩像她一樣被男人占有——即使沒有被男人占有，她們的身體也是永遠準備好讓男人伸手可及的——也讓她時時保持警醒一樣。這樣的場景，以及她對自己身體的清醒意識，都是原因之一。每一天可以說有如在進行儀式，她的身體被唾液、精液，以及男人與自己交融的汗水所玷污，讓她覺得自己是個不潔的容器，是《聖經》上所說的溝渠。然而，她身體最經常被觸犯的部分，成了最敏感的部分，也讓她覺得成了最美麗的部分，同時變得高貴了：她那含著不知名性器官的嘴，她常被陌生的手搓揉的乳頭，還有她被撐開的大腿間那條小徑、勤耕耘的後庭歡愉。她成了妓女，卻贏得了尊嚴——這委實令人詫異，但的確是「尊嚴」無誤。她就好像從內部被照亮了，別人從她的步伐裡可以看出她的平靜，從她臉上可以看到安詳從容，以及她像隱遁的修女一樣細微難辨的笑容。

當荷內告訴她，他要留下她一個人待在城堡裡時，天色已經晚了。O正在她的牢房裡，身上一絲不掛，等著人家來領她去食堂。至於她的愛人，則穿著他每天在城堡裡穿著的服裝。當他擁她入懷，身上的粗呢布刺激著她的乳頭。他親吻她，讓她躺到床上，然後躺到她旁邊，再溫柔地、慢慢地、輕輕地要了她，在她兩個孔洞來來去去，最後在她嘴裡噴發，接著他又吻了她。他說：「在我離開以前，我想請人鞭打妳。這次是我開口請求妳，妳接受嗎？」她接受了。他又說：「我愛妳。按鈴叫皮耶來吧。」她按了鈴。皮耶把她的雙手綁在頭上，拴在床上的鏈子裡。她的愛人在她被這樣綁起來後，繼續吻著她。他靠著她站在床上，繼續對她說，他愛她，然後從床上下來，示意皮耶動手。他看著她徒勞地掙扎著，聽著她的呻吟轉為叫喊。當她流下眼淚後，他遣走了皮耶。她好不容易才找到力氣跟他說，她愛他。他吻了吻她被淚沾溼的臉龐，吻著她喘吁吁的嘴，解開她，讓她在床上躺下，然後離開。

說她的愛人一離開、O就開始等他回來，這種說法實在不足以表達O的焦躁心情。

她的存在變成了等待與夜晚。白天，她就像個畫出來的人形，皮膚是柔嫩的，嘴巴是順從的，而且只有在這段期間，她嚴格遵守那條規定：不看男人的臉。她照顧壁爐的火，適時添加柴薪，為主子倒咖啡、倒酒、點菸，插花，折疊報紙，像個在父母家客廳裡的尋常年輕女孩一樣，但由於她暴露的胸口、皮項圈、緊身馬甲和囚犯的手環象徵的意義，男人侵犯其他女人時可以要求負責服侍的她也要在場，也讓他們產生強暴她的慾望。這說明了他們無疑在加倍惡待她。她犯了什麼錯嗎？還是說，她的愛人把她留在這兒，正是為了讓其他人覺得可以更隨意占有她？總之，他離開後的第二天晚上，她脫掉衣服，看著浴室裡的鏡子，發現皮耶打在她大腿前的鞭痕幾乎已經消退。就在這時候，皮耶進來了。還有兩小時才到晚餐時間。他對她說，她不會在大家一起用餐的食堂裡吃飯，還要她作好準備。他指向角落的廁所。一如珍娜之前告訴過她的，她必須在皮耶面前蹲廁所。當她上廁所時，他一直待在旁邊看著。她看見鏡子裡的他，也看見自己，卻仍忍不住任液體從體內流出來。皮耶等著她洗完澡、化好妝。她要去穿她的室內拖鞋和紅色披風時，皮耶阻止了她，說沒這個必要，一邊動手把她的手綁到身後。他離開片刻，她等著他回來。她坐在床邊。窗外颳起一陣寒風驟雨，窗邊的白楊樹在強風吹襲下搖曳不已。蒼白、潮溼的葉子時不時被吹來貼在窗上。儘管還不到晚上七點，外面的天色卻暗得像半夜，因為這時已經是深秋時分，白晝的時間縮短了。皮耶回來了，手上拿著他們第一天晚上蒙住她眼睛的那塊眼罩，還有一條和牆上那根一樣的鏈條。它在他手中啷鐺作響。O覺得他好像在猶豫，不確定該先幫O蒙上眼睛，還是先綁上鏈條。她看著窗外的雨，毫不在乎他們要怎麼對待她。她只想著，再五天五夜，荷內就會回來帶她走。她不知道他現在人在哪裡，也不知道他是否獨自一人，要是他不是獨自一人，又是跟誰在一起呢。不過，他總會再回來找她的。皮耶把鏈條放在床上，沒打擾O的沉思，先在她的眼睛蒙上黑色絲絨眼罩。眼罩在眼眶四周微微隆起，緊貼在顴骨上。O什麼也看不見，連眼皮都不可能睜開。這賜福的黑夜就如同她自己的黑夜，她從不曾如此歡欣迎接黑夜的到來，而這賜福的鏈條使她不再是自己。皮耶把鏈條繫到她皮項圈的扣環裡，請O跟著他走。O站起身，感覺自己被拉著往前，於是跟著走。她赤腳走在地磚上，覺得很冰冷。她意識到自己是走在紅廊上，接著走到地面上，還是一樣冷，甚至更冷，然後是走在石磚上，不知道是粗陶土還是花崗岩。皮耶讓她停下來兩次。她聽到鑰匙轉動門鎖的聲音，門被開啟，然後又關上。皮耶對她說：「小心台階。」她跟著走下樓梯，不小心蹭了一下。皮耶攔腰抱住了她，沒讓她跌倒。到目前為止，皮耶只有在要拴住她或鞭打她時才會碰觸她，但這時他讓她躺到冰冷的台階上——她雙手被縛，費了很大的勁才沒讓自己滑下去——愛撫起她的乳房。他的嘴從一邊乳房移到另一邊，同時壓到她身上。她感覺到他漸漸硬了起來。直到他得到歡愉之後，他才扶她起身。她身上潮溼，冷得打起哆嗦，終於走完最後幾道階梯後，聽見他又開啟另一道門的聲音。她走進這道門，感覺到門內的地上鋪著厚厚的地毯。鏈條又拉著她往前走了幾步，然後皮耶解開她受縛的手，取下她的眼罩。她發現自己置身一間有著拱頂的圓形房間裡，非常狹小，拱形的天花板很低，牆面和拱頂都是石子的，沒再覆上一層壁紙，看得到施工的接縫。她脖子上的鏈條繫在牆上一公尺高的環眼螺栓裡，正對著大門，能移動的範圍只有往前兩步。房間裡沒有床或類似的東西，也沒有被子，只有三、四個類似摩洛哥軟墊的墊子，但她碰不到它們，所以顯然不是給她用的。不過，在她的活動範圍內有個被一盞小燈微微照亮的角落，擺著一個上頭放著飲水、水果和麵包的托盤。暖爐直接安裝在牆腳與厚重的牆壁裡，使整個房間宛如一圈發熱的踢腳板，但這樣的暖氣不足以驅散淤泥和泥土的味道。那是古老監獄或那些沒人住的古老城堡主塔才會有的味道。在這片沒有任何聲響的溫熱陰暗中，O很快就喪失了時間感。再也沒有日、沒有夜，只有那盞一直亮著的微弱燈光。皮耶或其他僕役會來補充托盤上的食物和飲水，也會領著她去隔壁的小室洗澡。她始終沒看過走進來的男人，因為在他們到來以前，僕役會先來蒙住她的眼睛，等他們離開後才又來取下她的眼罩。她也已經記不清有多少男人來過，她柔細的手和唇在黑暗中也無法辨認它們接觸了誰。有時候他們是好幾個人，但大部分時候只有一個人，而且每一次，每當有人要上來占有她之前，都會先讓她面對著牆壁跪下，脖子上的鏈條固定在牆上的螺栓裡，然後會被鞭打。她用手掌抵著牆、臉抵著手背，以免被石子牆刮傷，但膝蓋和胸脯無可倖免。她也不再意識到自己受了多少折磨，發出多少被拱頂消弭的嘶喊。她等待著。突然，時間不再靜止不動了。夜裡，他們解開她身上的鏈條。她等了三個月或三天，也可能是十天或十年。她感覺有人將她裹在一塊厚厚的布裡，有人抓著她的肩膀與膝蓋後彎處，抬起她，帶她走。她又回到自己的牢房，身上蓋著黑色的毛皮。這時候剛過中午，她的眼睛沒被蒙住，兩隻手也沒受縛，而荷內正坐在她旁邊，輕撫著她的頭髮。他說：「妳該穿上衣服了。我們要走了。」她洗了最後一次澡。他幫她梳頭髮，把她的化妝品和口紅遞給她。等她再回到她的牢房時，她的套裝、上衣、內衣、絲襪和鞋子，全都好好地放在床腳，還有她的手提包和手套，連她的大衣也在。那是天冷時她加在套裝外保暖的。另外還有一條絲巾保護她的脖子，但是沒有吊襪帶，也沒有內褲。她慢慢穿起衣服，把絲襪捲到膝蓋上，沒穿上大衣，因為她的牢房裡很熱。這時，第一天裡對她說明城堡規定的那個男人進到她的牢房裡。他解開拘束了她兩個星期的皮項圈和手環。她擺脫它們了嗎？還是其實是少了些什麼？她什麼話也沒說，不太敢用手去摸自己的手腕，不敢抬手去摸自己的脖子。接著，他請她從一個盛了幾只戒指（樣式全都一樣）的小盒子裡，挑選一只適合戴在她左手無名指上的。這些戒指都是鐵製的，中間框金，戒台又寬又重，就像嵌有紋章的戒指，只是中央比較凸出。鑲嵌的黃金為有三道分枝的輪形裝飾圖案，每個分枝分別呈螺旋狀，就像凱爾特人的太陽輪圖案。她試戴的第二個戒指，只要稍微出點力，就正好適合她的指頭。戒指戴在手上很重，黃金在深色的拋光鐵金屬上閃著低調的光芒。為什麼是鐵？為什麼是黃金？還有，為什麼是這個她不懂意義的圖案？但是在這間紅色牢房裡是不可能說話的：鏈條還拴在床頭牆上的吊環裡，黑色被單掀開來拖垂在地上，僕役皮耶隨時可能(而且一定會)走進來，穿著那一身荒謬的歌劇戲服，在十一月黯淡的陽光下。但是她錯了，皮耶沒有來。荷內讓她穿上她的套裝，戴上覆住上衣袖口的長手套。她拿著絲巾、手提包，把大衣掛在手臂上。她的高跟鞋在走廊地磚上發出的聲音比室內拖鞋還小。走廊上的幾道門都關著，側廳裡沒有人。O牽著她愛人的手。

陪著他們的陌生男子打開那扇珍娜曾說是禁院的柵門，只是現在既沒有僕役、也沒有狗在看守。他掀開一邊的綠色絲絨布廉，讓O和她愛人穿過其中。布廉再度垂下。柵欄重新關上的聲音傳來。O和她的愛人單獨置身一間面對著花園的側廳裡，只要走下門外的台階，就離開這個地方了。

O認出了門外的車。她坐到她的愛人旁邊。他坐在駕駛座，發動了車子。當他們開出花園時，花園的柵門大大地敞開。前進幾百公尺後，他停下車，吻了她。車子再開動時，他們穿過一個寧靜的小村莊。O可以看到路標上寫著地名：華錫。

II

史蒂芬先生

Histoire d'O

O住的公寓位於巴黎聖路易島上一棟面朝南、俯瞰塞納河的老房子頂樓。屋裡每一間房的屋頂都是斜的，寬敞又低矮，正面有兩間房，各有一個陽台。這兩間房其中之一是O的臥房，另一間是客廳。客廳裡壁爐兩側的牆壁，從地面到天花板都是書架。這間客廳也充當書房，甚至有需要時也充當臥房使用。它正對著兩扇大窗，當中擺著一張大沙發，壁爐前還有一張舊式的大桌子。它的飯廳面朝中庭，牆面鋪著深綠色嗶嘰布，由於空間非常狹小，當客人坐不下時，也會在客廳那張大桌子上用餐。面向中庭的還有一間房，是荷內放衣服、更衣的地方。O和荷內共用一間黃色的浴室。廚房非常迷你，也是黃色的。有個清潔婦會每天來打掃。所有面向中庭的房間，地板都鋪著紅色地磚。這些六角形的古老地磚，在巴黎老房子裡三樓以上的樓梯和樓梯平台上都可以看到。現在再看到這些地磚，O心中不禁一震，因為華錫那座城堡裡的通道上也是同樣的地磚。她的臥房很小，玫瑰色和黑色印花的窗簾是拉上的，壁爐裡的火在一個鐵製防火網後頭燃燒著。床鋪得好好的，被子也整齊疊好。

荷內說：「我幫妳買了一件尼龍睡衣。妳還沒有這樣的睡衣。」O睡覺的這一側床上真的攤放著一件白色尼龍睡衣，上頭有褶子，既貼身又薄透得近乎透明，有如埃及雕像身上的服裝，還可以在腰間的鬆緊帶上再繫上一條細腰帶。它是如此的輕透，以致於凸出的乳房在上頭透出兩點粉紅。這個房間裡，除了窗簾、床頭的壁板與兩張印花布面的矮凳之外，幾乎清一色走白色調，包括牆面、床罩、四柱床的四根桃花心木，以及地上那張熊皮。O穿著這件白色睡衣坐在壁爐前，聽著她的愛人說話。他劈頭就對她說，她不應該以為自己從此自由了，除非她決定不再愛他、要立刻離開他；但如果她愛他，她就一點也不自由。她不發一語聽著他說，想到他竟然還想要證明——不論用什麼方式都無所謂——她是屬於他的，心中便非常歡喜。而且他太天真了，不知道就算沒有驗證，她都是屬於他的。但話說回來，也許他是知道的，只是這麼做可以讓他得到樂趣。在他說話的時候，她只是盯著壁爐裡的火，不敢看他的眼睛。他則是站著，在房間裡來回踱步。突然，他告訴她，聽他講話的時候，她首先應該張開雙腿和兩臂——因為她這時是雙腿併攏、兩手抱膝坐著。於是她撩起睡衣，跪地而坐，只是仍坐在小腿上，就像日本女人或加爾默羅修會的修女[4]那樣，然後靜待他的指示，只是當她張開膝蓋後，可以感覺到熊皮地毯的白色毛皮輕輕扎刺著她的腿間。結果，他堅稱她的兩腿張得還不夠開。從她愛人的口中吐出的「打開」或「張開雙腿」這些字眼是如此充滿了權力，令她心慌意亂。每次聽到他說這樣的話，她總是心潮澎湃得五體投地、誠心拜服，彷彿對她說話的是一個神祇，而不是他這個人。於是，她保持著不變的姿勢，雙手掌心向上放在膝蓋兩旁，睡衣層層披瀉在她的身子四周。她的愛人對她的要求其實很簡單，就是要她永遠且隨時可以被占有。而光是知道她隨時可以被占有，對他來說還不夠，她還必須處於最開放的狀態，也就是說，首先是她的心態，然後是她的服裝，這些都應該讓知情者一目瞭然。他接著說，這意味著她有兩件事要做。首先，她已經知道自己不能交叉雙腿，嘴巴也要保持半開，這是她到達城堡的第一天晚上，他們就告訴過她的。她肯定以為這沒什

4 Les carmélites，一五六二年，聖女大德蘭在西班牙的亞味拉（Avila）建立第一座「加爾默羅會的修女會院」，倡導更深入祈禱生活與天主結合，其靈修運動後來甚至影響及羅馬天主教的改革。

麼（她的確是這麼想），但她之後會發現：想遵守這條戒律，她必須時時把它謹記在心，而這麼做可以提醒她——密而不宣地，只有她與他（可能還有其他幾個人）知道——自己的真實狀態，即使是在跟那些對他們的祕密一無所悉的外人打交道時，或她在處理日常事務的時候。再來就是她的服裝，可以由她自己挑選，或是有必要的話，請人量身訂做。帶她去華錫的車上玩的那一套半解羅衫已經沒有必要了，所以明天她要整理衣櫃裡的洋裝，以及抽屜裡的內衣。她必須把所有吊襪帶和內褲交給他，還有他在車裡剪斷肩帶後才能脫下來的胸罩，這一類貼身衣物都要交給他。其他像是會遮住她胸部的連身褲、不能從前面解開的上衣和洋裝，還有那種不能一把脫掉的窄裙，全都要一併交給他，然後她再訂做新的內衣、上衣和洋裝。只是這麼一來，難道她要在罩衫或毛衣裡什麼都沒穿的狀態下去找做內衣的師傅嗎？沒錯，她就是要不穿內衣去。如果有人發現了，隨她怎麼解釋都可以，或索性不解釋，由她自己決定，因為這是她自己的事。至於接下來他要她做的事，就等過幾天再說，等她穿著適合她的服裝後，他才要告訴她，而她可以在她書桌的小抽屜裡找到支付這些開銷的錢。等他說完這一切後，她一動也不動，只是喃喃說著：「我愛你。」他動手幫壁爐添柴火，點亮粉紅色玻璃燈罩的床頭燈，然後叫O上床等他，他要和她一起睡。當他終於上床後，O伸手捻熄床頭燈。她伸出的是左手，在燈熄滅之前，她看到的最後一樣東西是她的鐵戒指。而且當她側過身伸手熄燈時，她的愛人同時低聲喚著她的名字，並一手抓住她的私處，把她拉向他。

翌日，O穿著睡袍、獨自在綠色的飯廳裡剛用完早餐（因為荷內一大早就離開了，要到晚上才會回來帶她出去用餐），電話響了。它放在臥房的床頭櫃裡，床頭燈的下方。O坐到地上，拿起話筒。是荷內打來的，他想知道清潔婦是否已經離開。離開了，她剛走。準備好早餐後，她就離開了，明天早上才會再回來。荷內問：「妳開始整理衣服了嗎？」她說：「本來要開始整理了，但因為我今天起得很晚，洗個澡後，就已經中午了。」他又問：「妳穿好衣服了嗎？」她說：「沒有，我只穿著睡衣和睡袍。」他說：「妳先放下電話，脫掉睡衣和睡袍。」O照他的話去做，一陣手忙腳亂中，放在床上的話筒掉到白色的地毯上，讓她以為電話已經斷線了。結果沒有，電話沒有斷。荷內說：「妳現在光著身子了嗎？」她說：「對。你在哪裡？」他沒回答她的問題，只說：「妳還戴著妳的戒指吧?」她還戴著她的戒指。然後他叫她保持現在這個樣子,把她要丟掉的衣服用行李箱打包好,等他晚上回來接她,然後他就掛斷電話。這時候是下午一點鐘。外頭的天氣很好。一小道陽光照在地毯上那件O脫下來後隨手丟在地上的白色睡衣,以及顏色有如新鮮杏仁的淺綠色絨布睡袍。她從地上撿起衣服,準備把它們拿到浴室、收進櫃子裡。當她經過一面固定在門上的鏡子前——而且它和牆上另一面鏡子,以及另一扇門上的另一面鏡子,構成了一個巨大的三面鏡——突然瞥見自己的影像。她身上只穿著綠色的皮製室內拖鞋(跟睡袍同色,而且只比她在華錫穿的拖鞋略深一點),以及手上的鐵戒指。她的脖子上沒了皮項圈,手腕上也沒了皮手環,而且她是獨自一個人,只有她自己看著這幅景象。然而,她卻覺得她從不曾如此全心全意將自己交付給另一個人的意志,如此全然是個奴隸,而且如此歡喜自己身為奴隸。當她彎身打開一個抽屜,她看見自己的乳房輕輕晃動著。她花了將近兩個小時,把要打包到行李箱裡的衣物放到床上。內褲沒問題,直接疊成一小疊放到一根床柱旁。胸罩也是,一件不留(全都是在背後交叉、在體側扣合的款式),但她知道怎麼請人做出同款式的胸罩,只要把搭扣改到前面,在兩只乳房間就好。清出吊襪帶也沒有比較困難，但那條束腰用的粉紅色錦緞束帶讓她猶豫了一會兒。它也是在背後綁帶，跟她在華錫時穿的馬甲非常相像。她把束帶放到一旁的五斗櫃上。讓荷內決定吧。毛線衫也一樣，要等他決定。它們都是從頭上套入、在脖子下方束緊的款式，沒辦法敞胸露乳，但是可以從腰際掀起，露出乳房。相反的，所有連身褲都被她堆到床上，可以直接丟棄。五斗櫃裡只剩下一條黑色橫紋綢襯裙，有荷葉邊和高級華倫西恩花邊裝飾，用來搭配一條非常輕薄的黑色毛料百褶裙，以免走光。她得訂做新襯裙才行，淺色的，短的。接下來她還發現她不是得買新的直筒洋裝，就是得永遠放棄這種款式，或是改穿有前排扣的洋裝，再訂製可以和洋裝一起解開來的襯衣。換新襯裙很簡單，洋裝也一樣，可是對這種穿在洋裝下的襯衣，她的裁縫師會怎麼說呢？她會解釋說她想要可以拆卸的襯衣，因為她很怕冷。事實上，她是真的很怕冷。想到這裡，她不禁思忖，穿得這麼單薄，她該怎麼承受外頭的寒冬？她終於把衣服整理好，本來一整櫃的衣物，只留下前扣式的長袖襯衫、那條黑色百摺裙，當然還有她那幾件大衣，以及她從華錫回來時穿的那件套裝。她走去廚房泡茶，把暖爐的溫度調高。清潔婦沒有準備好客廳壁爐用的柴火、放到籃子裡，而O知道她的愛人喜歡晚上跟她一起窩在客廳的壁爐前。她把走廊的籃子裡裝滿柴火，再拿到壁爐旁，然後點燃爐火。她就這麼等著，身子縮成一團坐在一張大椅子裡，一旁擺著茶盤，等著他回家，只是這次她就像他命令的一樣，裸著身子等他。

O遭遇的第一個困難發生在職場上。說困難也許有點過頭，說詫異會比較適當。她在一家攝影社的時尚部門工作。意思是，她得幫那些最古怪、最美麗的女孩拍照。這些由時裝設計師挑選來展示自己作品的女孩，經常得在攝影棚裡擺姿勢，一擺就是好幾個小時。所有人都很詫異O延長休假到深秋，而她缺席的這段期間正好是時尚界推出新作、活動最多的時候。不過，這還不算什麼。大家最詫異是，看到她改變這麼大。第一眼看到她時，雖然說不出她到底哪裡變了，但就是有這種感覺，然後愈看她，就愈確定自己的感覺沒有錯：她的姿態比以前挺直，眼神也更清亮，但最讓人吃驚的是她可以一動不動，動作舉止也更有分寸了。她的穿著向來樸素，就像那些工作性質跟男人相似的女孩一樣，但現在的她穿著有了微妙的轉變，而這些女孩——她的拍攝對象——因為不論在工作上或私下都時時關注著服裝和相關配件，因此很快就察覺到一般人渾然不覺的事。毛線衫穿在她身上，輕柔地勾勒出她的胸部（荷內最後同意讓她留下毛線衫），百摺裙則是如此自然地飄揚，穿在她身上帶著點制服的韻味。O很常這麼穿。一天，一個擁有金髮碧眼、斯拉夫族裔的突出顴骨與日曬膚色的模特兒略帶挖苦地對O說：「還真年輕啊！」她接著說。「不過，不穿吊襪帶是不對的，妳會毀了你的腳。」她會這麼說，是因為O在她面前坐到一張皮椅的扶手上時，一不小心動作太快，而且角度有點傾斜，裙襬因此掀了起來。這個高挑的女孩在那一瞬間瞥見她光裸的大腿，長筒絲襪只穿到膝蓋的高度。O看見她微微一笑，因為實在太奇怪了，讓她不禁思忖這女孩當下在想些什麼，還是說，明白了什麼。O拉起絲襪，拉完一隻腳後換另一隻，想把它們拉高一點，但拉高到大腿上後很難固定住，因為沒有吊襪帶的輔助。她像是要為自己辯解一般地對賈克琳說：「這樣比較方便。」賈克琳說：「方便做什麼？」O回答：「我不喜歡吊襪帶。」但賈克琳沒在聽O說什麼，只是看著她的戒指。

接下來的幾天內，O拍了五十多張賈克琳的照片。這些照片跟她以前的作品相去甚遠。也許是因為她從沒遇過像這樣的模特兒。總之，她從來不曾從任何臉蛋或身體拍出這麼動人的意涵。其實O的目標是想透過模特兒在鏡子中驚鴻一現的甜美形象，將絲綢、毛皮和花邊烘托得更美，無論那是樣式最簡單的襯衫，抑或無比華貴的白色貂皮；結果賈克琳卻像個精靈一樣，比所有物件更為美麗動人。她留著一頭金色短髮，髮量很多又微微捲曲。她動不動就把頭歪向左側肩膀；要是她穿著皮裘，就會把臉頰靠在皮裘的翻領上。O就拍了一張她呈這種姿勢的照片：臉上帶著微笑，溫柔可人，頭髮像是微微被風揚起一般，光滑又緊實的顴骨貼在藍灰色的水貂皮上，又灰又柔的感覺，有如木材燒盡後的新鮮灰燼。她微微張開嘴，半閉著眼。在沖洗照片的冰冷、閃閃發亮的液體中，她看來就像在水中安詳喜樂地長眠一般，面無血色，非常蒼白。O把這張照片沖印成反差最小的灰色調。她還拍了賈克琳一張更令她心神蕩漾的照片：背光，肩膀裸露，細緻的小腦袋瓜與臉龐包覆在一個網眼粗大的黑色短面紗裡，上頭插著兩根羽飾，有如一團迷濛的煙霧懸浮在她的頭頂。她身上穿著一件紅色的厚質織花絲綢大長袍，色澤有如中世紀的新娘禮服，胸部有撐架，腰間收緊，裙身從臀部向外開展，長及腳底。這就是服裝設計師所謂的盛裝打扮，還說從來沒有人作這樣的打扮。她腳上的超高跟涼鞋也是用紅色絲綢面料。當賈克琳在O面前穿著這件長袍和這雙涼鞋，戴著這頂讓人聯想到面罩的短面紗，O在心裡暗自補充、修飾這個模特兒：只要稍作調整——腰部再束緊一點，胸部再上挺一點——它就跟在華錫時珍娜穿的長袍一模一樣了，同樣的厚質絲綢，同樣光滑、像瀑布一樣垂瀉而下，當人家要妳撩起裙子時必須用兩隻手……沒錯，賈克琳就是用兩手撩起她的長袍，步下她已經在上頭擺了十五分鐘姿勢的平台，同樣發出了窸窸窣窣的聲音，就像枯葉的脆裂聲。沒有人作這樣的盛裝打扮了？誰說的。賈克琳的脖子上也緊箍著一個金質項圈，手腕上也戴著兩只金手環。O發現自己竟然在想著，如果那個項圈和手環是皮製的，她會看起來更漂亮。這一次，她做了一件以前從沒做過的事：跟著賈克琳來到攝影棚旁的大化妝室。模特兒們都在這裡更衣和化妝，當她們離開時，也把衣服和化妝品留在這兒。O倚著門框站在那裡，兩眼盯著化妝台的鏡子瞧。賈克琳就坐在化妝台前，身上還穿著那件長袍。那面鏡子很大，占據了整個牆面，化妝台則只是一張簡單的黑色玻璃小桌子，讓O可以同時從鏡子裡看到賈克琳和自己，以及那個服裝管理員。她正在幫賈克琳取下頭上的羽飾和臉上的面紗。賈克琳自己取下脖子上的項圈，舉起來的那兩隻手就像兩個小把手似的，腋下微微沁著汗。她的腋下刮得很乾淨（O心裡想，為什麼呢？真可惜，她有那麼漂亮的金色毛髮），而O聞到一抹強烈又纖細的味道，有點像植物的氣味，不禁開始思索賈克琳應該用什麼樣的香水，還有，「他們」會讓賈克琳搽什麼樣的香水。接下來，賈克琳解開她的手環，放到玻璃化妝台上，發出叮叮噹噹的聲響。她的髮色金亮，使她的皮膚看來比髮色深一些，淺褐色的膚色就像海水剛退潮時露出的細沙顏色。照片裡，那件紅色絲質長袍會看起來像黑色一般。就在這時候，她抬起厚厚的睫毛——賈克琳其實很不情願搽睫毛膏——O的視線在鏡子裡和她交會，而她的眼神是如此直接、堅定，讓O無法挪開視線，感覺自己漸漸臉紅起來。到此為止了。賈克琳說：「不好意思，我現在要更衣了。」「抱歉。」O低聲說道，走出化妝室，關上門。第二天，她把前一天拍的那些照片帶回家，不確定自己是否要把它們給她的愛人看。今晚她要和她的愛人一起用晚餐。她坐在房間裡的化妝台前一邊撲著粉，一邊看著這些照片，偶爾停下手邊的動作，用手指頭描著照片上的眉毛和嘴唇微笑的線條。當她一聽到鑰匙開啟大門的聲音，連忙把照片一把掃進抽屜裡。

兩個星期以來，O完全照著指示穿著打扮，只是還沒完全習慣這樣的狀態。一天晚上，她從攝影棚回到家，看見她的愛人留下一張紙條，上頭寫著希望她今天晚上準備好八點鐘出門，他們要和他的一位朋友吃飯。會有一輛車子來載她，而且司機會上樓來接她。她的愛人在字條的最末還特別附註要她穿上她的皮裘大衣，而且作全身黑色的打扮（「全身」這兩個字下面還特別畫線強調），還要好好地化妝和搽香水，就像在華錫的時候一樣。現在是六點鐘。全身作黑色打扮，共進晚餐——而當時正值十二月中，天氣很冷，這表示她必須穿黑色尼龍絲襪，戴黑色手套，還有她的寬擺褶裙，搭配一件上頭有亮片裝飾的厚羊毛衫，或另一件稜紋綢製的緊身短上衣。她選擇了緊身短上衣。這件短上衣用大針腳在裡面縫襯了棉絮，從頸子到腰間合身地扣合，就像十六世紀的男式緊身短上衣，穿起來讓胸部更顯得玲瓏有致，因為它把馬甲式內衣縫製在內。這件緊身短上衣用同樣布料加了一層襯裡，下擺垂到臀部，面料上只見鍍金的大搭扣閃閃發亮，顯眼得就像兒童雪鞋上大大的鉤扣一樣，解開或扣上時會發出聲響。當O把等會兒要穿的衣服都放到床上，再把黑色麂皮細跟高跟鞋放到床腳後，她意識到自己正自由地、隻身一人待在自家的浴室裡，已經洗過澡，一絲不苟地為自己化妝、噴香水，就像在華錫一樣，心中頓時升起一種異樣的感覺。她自己的化妝品，跟華錫那裡用的不同。她在化妝台的抽屜裡找到一塊胭紅——她從來不抹胭紅——於是把它拿來抹在乳暈上。這塊胭紅剛抹上去時並不顯色，但不一會兒顏色就變深。她一開始以為自己抹得太重，因此用酒精擦去一些(因為它很難卸)，然後重抹一次，讓乳暈呈現粉紅牡丹花的色澤。她還試著把它抹到隱藏在下體毛髮間的唇瓣上，但徒勞無功。最後，她在同一個抽屜裡找到一條不掉色口紅。她一向不喜歡這條口紅，因為它太乾，而且很難卸妝。結果，這次成功了。她接著梳好頭髮、畫好妝，然後噴香水。荷內給了她一瓶香水，可以用噴頭噴出大片的霧狀香水。她不知道這是什麼香水，但它有乾材和泥塘植物的味道，強烈又帶點野性的感覺。噴霧在她的皮膚上融水、流動著，在她的腋窩和下體毛髮上凝結成小水珠。O在華錫學會了凡事慢慢來。她往身上噴了三次香水，每一次都等它乾了後再噴第二次。她先穿上絲襪，再穿上高跟鞋，然後是襯裙和裙子，最後是緊身短上衣。她戴上手套，拿起手提包，裡頭有粉盒、口紅、一把梳子，還有鑰匙和一千元法郎。戴上手套後，她從衣櫃拿出皮裘大衣，看看床頭的時鐘：七點四十五分。她斜坐在床邊，兩眼看著鬧鐘，一動不動靜候著電鈴聲。當它終於響起，她起身要離開房間，熄燈前在化妝台鏡子裡瞥見自己的眼神：大膽，溫柔，順從。

車子載她來到一家義大利小餐廳的門前。當她推開餐廳門，最先看到的是吧台前的荷內。他溫柔地對她笑著，拉起她的手，然後轉向一位頭髮灰白、有著運動員體型的人，用英文把他介紹給她：史蒂芬・H先生。餐廳為O在兩位男士中間安排了一張高腳凳。當她要坐下時，荷內輕聲提醒她小心別弄皺了裙子，幫著她把裙子撥到高腳凳外。她感覺到冷冷的皮革貼著自己的肌膚，而凳面的金屬邊抵著她私處，因為她只敢半坐著，深恐自己會一不小心交疊起雙腿。裙身在她四周開展，她的右腳跟搭在高腳凳的腳踏桿上，左腳腳尖點地。這個英國人只是對她一欠身，什麼也沒說，但眼睛一直沒離開她身上。她發現他冷靜從容地看著她的膝蓋，她的手，最後是她的嘴唇，神態那麼一絲不苟、那麼篤定，讓O感覺自己像個工具一樣被掂量和檢視著，而她也很清楚自己確實正是一件工具。就像在他的逼視下使她不得不然一般，她勉強自己脫下手套。她知道只要她一脫下手套、露出兩手，他就會開口說話，因為她的手很特別，比較像年輕男孩的手，而不像女人的——同時也因為她左手無名指上戴著那枚上頭刻著三個金色螺旋紋的鐵戒指。但她錯了，他什麼話也沒說，只是微微一笑：他看見了那枚戒指了。荷內喝著馬丁尼，史蒂芬先生喝著威士忌。他慢慢地喝完他的威士忌，然後在等荷內喝完他第二杯馬丁尼和O喝完荷內為她點的葡萄柚汁時，史蒂芬先生說道，如果O同意他們兩人的意見，他們三人可以一起到地下室的餐廳用晚餐；那裡是這間酒吧的延伸，雖然比較小，但也比較沒那麼吵鬧。「當然好。」O一邊說，一邊拿起放在吧台上的手提包和手套。史蒂芬先生伸出右手要扶她下高腳凳，O也伸出右手搭在他手上，這時他終於開口直接跟她說話，說她有一雙適合鐵製品的手，它和她特別相配。但因為他這句話是用英文說的，因此「鐵製品」這個字眼留有曖昧的空間，讓人無法確定他是否單純就這種金屬而論，或有沒有指涉（尤其是）鐐銬在內。位於地下室的餐廳，壁面是以石灰抹牆，但頗清爽宜人，裡頭只有四張桌子，其中一桌的客人已經快用完餐了。牆上畫著有壁畫風格的義大利旅遊暨美食地圖，用的都是香草、覆盆子、開心果這類柔和的冰淇淋口味色調。這讓O想到她等一下要點冰淇淋當甜點，上面還要淋許多杏仁和法式酸奶油，因為她覺得既開心又輕鬆：荷內的膝蓋在桌子底下碰著她的膝蓋，當他說話時，她知道他是說給她聽的，而且他也一直盯著她的嘴唇看。他們同意讓O吃冰淇淋，但沒讓她喝咖啡。史蒂芬先生請O和荷內到他家喝咖啡。他們三個人都吃得很少，O還發現他們兩人都刻意不喝太多酒，更不讓她喝什麼酒，所以三人總共才喝了半瓶的義大利基安蒂紅酒。此外，他們這頓飯吃得很快，不到九點鐘就已經用完餐。史蒂芬先生說：「我已經讓司機先走了。荷內，你來開車好嗎？最簡單的辦法就是直接到我家。」荷內坐在駕駛座，O坐他旁邊，史蒂芬先生則坐在她的另一邊。這是一輛別克，前座坐三個人不成問題。

車子駛過奧瑪路口，可以看到皇后林蔭大道一片明亮，因為樹葉都掉光了。協和廣場上燈火通明，地面乾燥，因為天空雖然烏雲密布，感覺就要下雪了，卻始終沒落下。O聽到一聲輕輕的咔嗒聲，立刻感覺一股熱氣從她腳下升起，原來是史蒂芬先生開了暖氣。荷內繼續沿著塞納河右岸行駛，然後在皇家橋轉向，開往塞納河左岸。從橋上的石欄間隙看去，河水彷彿凍結如石，那種黑色的石頭。O想到了黑膽石。那也是黑色的。她十五歲的時候，最好的朋友戴著一個黑膽石戒指，上面鑲嵌著碎鑽。她這個女性友人當時已經三十歲，但O還是愛上了她。O很想要一條這種黑色石頭做的項鍊，不鑲鑽石，一條緊緊束在脖子上的短項鍊就好。不過，她會願意拿他們給她的那個項圈——不對，他們沒有把項圈給她——去交換這條她夢想中的黑膽石項鍊嗎？她想起瑪麗安那間簡陋的房間。她帶O去她家，就在杜比高路口的後面。她還想起，當瑪麗安幫她脫掉衣服、讓她躺到那張鐵床上，她（她自己，不是瑪麗安）是怎麼解開她那兩條學生辮的。當她愛撫瑪麗安時，瑪麗安是多麼的美麗。她發現眼睛確實能像星星那樣動人，因為瑪麗安的眼睛就像藍色星星一樣閃閃發亮。這時候，荷內停下車。O認不出眼前這條街道。那是連接大學路和里爾路的許多小巷弄之一。

史蒂芬先生的公寓位於中庭後方一棟古老宅邸的側翼，所有房間由前到後貫通相連，最後一間最大，也最舒適，家具全都是深色的英國桃花心木材質，搭配淡黃和淺灰色的絲織品。史蒂芬先生對O說：「我不需要妳幫我照顧壁爐裡的火。還有，這張沙發椅是特別為妳準備的，請坐。荷內會去煮咖啡，我只想請妳聽我一番話。」那張淺色大馬士革絲質覆面的大沙發跟壁爐成直角，面向窗戶，窗外是一座小花園。大沙發的背後還有另一扇窗面向中庭；這兩扇窗遙遙相對。O脫掉她的皮裘，放在沙發的椅背上。當她轉過身，發現她的愛人和史蒂芬先生站在那裡，等著她服從史蒂芬先生的邀請。她把手提包放到她的皮裘旁，取下手套。她要到什麼時候才能學會（也許她永遠也學不會），在不被人注意之下悄悄撩起裙子坐下，也不意識到衣服下的自己是一絲不掛的，是屈從於他人的？總之，她做不到，尤其是在荷內和這個陌生人像現在這樣默默看著她的時候。她終於放棄無謂的努力。史蒂芬先生撥動著壁爐裡的火，讓它燒旺起來。荷內這時忽然走到沙發後面，抓住O的脖子和頭髮，將她的頭按在沙發椅背上，吻她的嘴，吻得又久又深，讓O喘不過氣來，感覺下體有什麼融化了、燃燒了。他只在要對她說他愛她時才放開她一下，隨即又深吻起來。O鬆開雙手，掌心向上攤放在她那像花冠一樣綻開的裙子兩邊。史蒂芬先生走了過來。當荷內終於完全放開她，O睜開眼，看到的是這個英國人堅定的灰色目光。雖然她腦子裡還是一片昏亂，也仍氣喘吁吁地沉浸在幸福中，但她一眼就看得出來，這位英國人是仰慕她的，而且對她有慾望。誰抗拒得了她溼潤微張的嘴巴、腫脹的雙唇，又有誰抗拒得了她在黑色緊身上衣的映襯下益發白皙的頸子，還有她大而明亮、一點也不閃爍逃避的眼神呢？不過，史蒂芬先生只是用他的指頭輕輕撫弄她的眉毛，然後是她的嘴巴。接下來，他跟她面對面坐下，坐在壁爐的另一邊，荷內也在一張扶手椅內坐下。史蒂芬先生說話了。「我想荷內從沒跟妳提過他的家庭，但說不定妳知道他母親在嫁給他父親以前，曾經和一個英國人結過婚。這個英國人本身有個兒子，是他在第一次婚姻中生育的。我就是這個兒子。荷內的母親扶養我長大，直到她拋棄我父親為止。所以，我和荷內沒有半點血緣關係，但在某種意義上算是兄弟。荷內是愛妳的，我知道。不用他跟我說什麼，也不必他做什麼動作，我就看得出來，從他看妳時的眼神就可以知道。我也知道妳在華錫待過，而我猜得到妳會再回去那裡。原則上，妳戴的這枚戒指讓我有權利占有妳，就像所有知道這枚戒指意義的男人一樣。但它只是一種短期約束而已，而我們對妳的要求比這個更嚴重。我說『我們』是因為，妳也看到了，荷內什麼話都沒說，希望由我代表他和我自己來說話。如果我們算兄弟的話，我就是長兄，比他年長十歲。我們之間有一種既古老又絕對的約定，那就是我們是『自由的』：凡是屬於他的絕對也屬於我，凡是屬於我的也屬於他。妳同意加入我們嗎？我懇求妳加入。我要徵求妳親口同意，因為這一切不是要求妳順從而已，而我知道妳做得到。在妳答覆之前，我要說的是，妳要把我視為妳另一個形式的愛人，也就是說，妳還是只會有一個主子。但我是個比華錫其他所有男人都還可怕的主子，因為我每天都會在場。除此之外，我還有一些偏好的習慣和儀式。」（最後這句話是用英文說的）

史蒂芬先生平靜而堅定的聲音在絕對的靜寂中揚起，連壁爐裡的柴火也悄然無聲地發出火光。O坐在沙發上一動也不動，就像隻被針釘住的蝴蝶；一根言語和目光的長針刺穿了她的身軀，將她裙子下裸露的臀部釘在溫暖的絲綢上。她已經不知道自己的乳房、脖子和雙手何在，但她很清楚，他所謂的習慣和儀式，指的尤其是對她那纖長雙腿的占有，那雙藏在黑色裙子下、已在不知不覺間張開的長腿。這兩個男人和她面對面坐著。荷內抽著菸，但在點菸前先打開了一盞有著黑色燈罩、能吸取煙霧的燈。柴火淨化過的空氣中，可以感覺到一股涼爽的夜的氣息。史蒂芬先生說：「妳現在就回答我，還是妳需要知道的更多？」荷內說：「如果妳接受，我會親自跟妳解釋史蒂芬先生的偏好。」「不是偏好，是要求。」史蒂芬先生糾正荷內的說法。O心想，最困難的不是接受，她很清楚他們兩人根本沒想過她會拒絕，就連她自己也是這麼認為。最困難的是把話說出口。她的雙唇發燙，嘴巴發乾，一滴唾液也沒有。恐懼折磨著她，慾望也是，令她喉嚨一緊，剛恢復知覺的雙手又冷又溼。要是她能閉上眼睛就好了。但是她不能。他們兩人的眼睛緊盯著她，使她無法跳避，也不想逃避。他們把她拉回了她以為老早（也或許是永遠）被自己拋在身後的華錫。因為從她自那裡回來以後，荷內只會熱情地占有她，不曾鞭打她，而那枚代表她隸屬所有知道內情的人的戒指，並未為她的生活帶來任何不便。這或許是因為她沒有遇到任何知情的人，或是那些了解其中祕密的人沒做任何表示。她唯一懷疑的人是賈克琳（但如果賈克琳曾經到過華錫，為什麼她沒戴著戒指？而且，即使賈克琳知道這個祕密，她可以對O做什麼嗎？她有任何權利嗎？）。要開口說話，是不是身子也得動？但現在她的身體無法聽從自己的意志動作。他們只要一聲令下就能讓她立刻起身，只是這次他們要的不是她服從命令，而是在接受命令前預先作準備，是親口把自己宣判為奴隸，親自把自己交托到他們手上做個奴隸。這就是他們為什麼要她親口同意的原因。她記得自己只對荷內說過「我愛你」、「我屬於你」，今天他們似乎要她親口說出來，明確同意她在沉默中早就接受的事。她終於挺直身軀，但彷彿她要說的話堵住了她的喉嚨一般，只見她解開上衣的扣子，直到露出乳溝，然後整個人站起身，膝蓋和雙手顫抖著。她終於開口對荷內說：「我是你的，我由你任意處置。」「不對。」他說。「是由我們。我說一句，妳跟著說一句：我是你們的，我由你們任意處置。」史蒂芬先生嚴峻的目光一直盯著她，荷內也一直看著她。她迷失在荷內的目光中，逐字逐句地重複他要她說的話，只是把人稱改為第一人稱，像在上文法課一樣。「妳同意我和史蒂芬先生有權利……」荷內說，O跟著他複述：「我同意你和史蒂芬先生有權利……」這些權利包括：他們有權隨自己高興，在任何地方、以任何方式處置她身體；他們有權把她當奴隸或囚犯一樣拴住或鞭打，即使她只是犯了最輕微的過失，或單純只是他們興之所至；他們有權不理會她的哀求和叫喊，如果他們讓她哀求、叫喊起來的話。荷內說：「我相信，現在史蒂芬先生會願意從我的手中——還有妳自己的手中——正式接管妳，同時由我來跟妳說明他的要求。」O聽著她的愛人說話，那些他在華錫時對她說的話頓時回到她的心頭，因為這些話幾乎都是同樣的內容。只是那時她是在他的懷裡聽著他說，被一種不真實感保護著，彷彿那一切是一場夢，彷彿她是活在另一個人生裡，甚或她根本是不存在的。那是一場夢，或說是一場噩夢：監獄般的設施，盛裝打扮的衣著，戴面具的人——這一切都和她真實的人生有別，更別提那不知它會持續到何時的不確定感。在那裡，感覺就像在夜裡，置身一場曾經歷過的夢境中，而它又開始重演。妳知道它是真的存在，也知道它會結束；妳希望它結束，因為妳擔心承受不了它，卻又希望它繼續，才能知道它會怎麼結局。好了，如今結局就在眼前，在她不再等待它的時候出現了，而且以她最想不到的方式出現了（讓我們假設她這時候心裡正在對自己說：這真的是最後的結局了，在它之後沒有再隱藏另一個結局，還是說，這個結局之後還有另一個結局……）。眼前這個結局，將她從回憶中拉到現實。當時只存在一個封閉小圈子裡的現實，突然就要全面感染她的日常生活，不論變與不變的事物，也不分內或外的她。它再也不滿足於象徵之物——裸露的臀部、解開的緊身衣、鐵戒指——而是要求她切實履行。荷內的確從來沒有鞭打過她，他們兩人的關係在他帶她去華錫之前，和她從那裡回來以後只有一點不同，那就是現在他用他以前使用陰道的方式（現在也還繼續使用），來使用她的後庭和嘴巴。她從不知道自己在華錫那麼規律受到鞭打，荷內是否曾經在其中下過手，即使只有一次（會有這種疑問，是因為有時她的眼睛被蒙上，有時鞭打她的人戴著面罩）。但她不相信荷內曾經鞭打過她，因為他從她被縛的身體與徹底的降服中、從她無望的掙扎和叫喊中得到極大的樂趣，所以他不可能親自動手，分散了自己的注意力。現在看起來，他已經代替她答應了這件事，因為他正舒舒服服地坐在沙發椅裡，動也不動，翹著腿，那麼輕聲、那麼溫柔地說著，他是多麼開心能把她交到史蒂芬先生的手中，多麼開心她願意把自己交給史蒂芬先生，聽從他的命令與慾望。如果史蒂芬先生想要她到他家共度一夜或只是一個小時，還是要她陪他離開巴黎或到巴黎某個地方，又或者是邀她上餐廳、看表演時，他會打電話給她，派他的車來接她，或是荷內本人來接她。而這個時候，該她說話了。她同意這樣的約定嗎？她說不出話來。他們現在突然要她表明自己的意志，是要她捨棄自己，要她事先同意以後會發生的事。她當然想說同意，但她的身體卻說不同意，至少在挨鞭子這件事上。至於其他的事，如果她誠實面對自己，就會承認史蒂芬先生眼神透露出的慾望讓她心頭大亂，一種因為受到誘惑而緊張顫抖的感覺，而且可能正因為她在顫抖，她知道自己比史蒂芬先生更迫切期待他把手、甚至是嘴唇壓在自己身上。毫無疑問的，能不能使這一刻加速來到，全看她自己。但不論她多有勇氣，也不論她的慾望有多強烈，當她終於要答覆時，突然感覺一陣虛弱，身子一軟，在攤開的裙身之間癱倒在地。一片靜寂中，史蒂芬先生沉著聲音說，害怕的樣子也很適合她。他這句話不是對她說的，而是對荷內。O有一種感覺，就是史蒂芬先生是忍著不接近她，而且後悔自己忍了下來。但她就是不看史蒂芬先生，反而直直看著荷內，因為害怕後者看穿她看史蒂芬先生的眼神，或許會視之為背叛。然而，這並不是背叛，因為如果要她在屬於史蒂芬先生或屬於荷內這兩者之間作抉擇，她會毫不猶豫選擇後者。她之所以會讓自己屈從於對史蒂芬先生的慾望，是因為這是荷內允許的，甚至可以說，是荷內命令她的。只是她心裡還是有疑問，不確定荷內會不會因為她太快、太輕易就接受史蒂芬先生而生氣。只要他有任何一點表示，就能去除她的疑問，但他什麼表示也沒有，只是再一次要求她答覆——這已經是第三次了。她結結巴巴地說：「我同意由你們任意處置。」同時垂下眼睛，盯著她放在兩腿間的雙手，接著喃喃說道：「我想知道我會不會受到鞭打……」沒有人回答。在這段漫長的沉默中，O暗自懊悔了二十次為什麼要問這個問題。然後，史蒂芬先生緩緩道：「有時候會。」跟著O聽到有人劃了一根火柴，以及攪動杯子的聲音。想必是他們當中有人為自己添了一杯威士忌。荷內沒有幫O出面，一句話也沒說。O說：「就算我現在說好，就算我現在答應您，我還是受不了鞭子。」史蒂芬先生回答：「我們只求妳忍下來。就算妳叫喊、呻吟，按照我們事先的約定，那是不會有用的。」O說：「噢，可憐可憐我，不要再鞭打我了。」史蒂芬先生站起身。荷內也站起來，彎身向她，抓住她的肩膀。他說：「回答我，妳到底接不接受？」她終於答應了。他溫柔地扶她起身，自己坐到那張大沙發上，讓她面對著他跪坐在他的腳邊。她伸出手臂，閉上眼睛，將頭和胸部斜靠在沙發上，心頭浮現一個好幾年前看過的影像。那是一幅古怪的版畫，上面畫著一個女人像她一樣跪在沙發前。畫中的房間地板是方磚砌成的，有個孩子和一隻狗在房間的角落玩耍。女人的裙子被掀起，一個男人站在她旁邊揮著一根鞭子準備鞭打她。畫中所有人都穿著十六世紀末的服裝，而它的標題〈家法〉讓她很反感。荷內一隻手緊抓住她的手腕，另一隻手高高掀起她的裙子，高到讓她感覺褶裙的薄紗碰到了她臉頰。他撫摸著她的臀部，刻意吸引史蒂芬先生注意她的兩個穴窩，以及她柔細的股溝。然後他往她的腰部一壓，讓臀部翹得更高，同時命令她把膝蓋張開一點。她默默聽命行事，一句話也沒說。荷內對她身體的誇耀、史蒂芬先生的回應，以及兩人的粗魯用語，在在讓她深感羞恥。這羞恥感來得如此突然又猛烈，讓她原先對史蒂芬先生的慾望頓時蕩然無存，反而希望受到鞭打，拿它當作一種解脫的手段，用痛苦和叫喊為自己辯護。但史蒂芬先生的手只是掰開她的下體，從後庭強行進入，退出，再進入，撫弄她，直到她呻吟起來。她為自己發出呻吟而羞愧。她被征服了。「我就把妳交給史蒂芬先生了。」荷內說。「妳就保持這樣，他想讓妳走的時候就會放了妳。」在華錫的時候，她有多少次是這樣跪著，隨意讓任何人占有？但是那時候，她的雙手被手環束縛著，是個快樂的囚犯，每件事都是強加在她身上的，從來沒有人問過她的意願。而在這裡，她是自己願意這樣半裸著；只要一個動作，就可以讓自己站起身，或把自己遮起來。她許下的承諾就像皮手環和項圈一樣緊緊束縛著她。但這真的只是因為她已經作下承諾嗎？還有，就算受到如此的羞辱（或許應該說，正因為受到了羞辱），它難道沒有帶給她歡愉嗎——因為這個羞辱本身，因為她聽命彎下身子，因為她順從地開放自己？荷內離開了，史蒂芬先生送他到門口，她一個人在房裡等著，一動也不動。她在孤獨中感覺自己更加暴露，在等待中感覺自己比他們在場時還像個娼妓。她的臉貼在光滑的黃色和淺灰色的沙發絲質面料上，隔著尼龍絲襪感覺到膝下的厚羊毛地毯，左腳大腿可以感覺到壁爐散發的熱氣。史蒂芬先生剛才添入的三塊木柴正燒得劈啪響，五斗櫃上一座古董時鐘滴答滴答輕響著，除此之外一片闃寂。O仔細聆聽著，想到在這樣一間文明而雅致的客廳裡，自己卻維持著這樣的姿勢，是多麼荒謬的事。隔著放下的百葉窗，可以聽到午夜過後的巴黎發出的酣眠聲。在明天早晨的陽光下，她還認得出現在自己在沙發軟墊上擱著頭的位置嗎？在白日下，她還會回到這裡、受到同樣的待遇嗎？史蒂芬先生遲遲沒有回來，而O，在華錫時曾經那麼放任自己靜待陌生人到她身上取樂，這時候卻一想到再一分鐘、再十分鐘，史蒂芬先生就會再次把手放到她身上，不禁喉嚨一緊。但事情和她想的不太一樣。她聽到他打開門，穿過客廳。他站在那裡一會兒，背對著壁爐看著O，然後用非常低沉的聲音對O說，她可以起來了，並讓她坐在沙發裡。她聽命行事，心裡卻不免訝異，甚至覺得有點尷尬。他客氣地遞給她一杯威士忌和一根香菸，但她兩樣都拒絕了。這時候她發現他正穿著睡袍，一件樣式保守的灰色粗呢睡袍，和他的灰髮同色。他的手又長又乾燥，指甲剪得短短的，非常蒼白。他逮到O的視線，她不禁臉紅。就是這雙冷酷、堅決的手，剛才曾經占有她的身體；就是這雙手，讓她現在既害怕又渴望著。但他並未靠近她，只是說：「我要請妳脫光衣服。但現在先脫掉上衣就好，不要站起來。」O解開黑色緊身上衣的金色大搭扣，脫下來後放到沙發的另一邊。那裡已經放著她的皮裘、手套和手提包。史蒂芬先生又說：「撫摸一下妳的乳頭。」接著加上一句：「應該用深一點的腮紅。現在這個太淡了。」O很訝異，但仍用指尖輕碰了自己的乳頭。她感覺乳頭變硬了，挺立起來，於是用手掌去遮。「噢，不要！」史蒂芬先生說。於是她放下手，往後靠向沙發。和她細瘦的上半身比起來，她的乳房很大，而且微微向腋下兩側分開。她把脖子靠在沙發椅背上，雙手放在大腿兩側。為什麼史蒂芬先生不上前來吻她，不伸出手來碰觸他要看著堅挺起來的乳頭？她坐在那裡動也不動，感覺自己的乳頭隨著每次呼吸微微地顫抖。他走過來，側坐在沙發扶手上，但沒有碰她。他抽著菸，一個動作讓幾乎仍滾燙的煙灰落到她的雙乳間——她永遠也不知道他這個動作到底是不是故意的。她感覺他想藉著他的輕蔑、他的沈默、一種疏遠的態度來屈辱她。可是他剛剛明明對她有慾望，現在也仍然渴望著她，她能從他柔軟睡袍下的堅挺看出這一點。讓他占有她吧，就算是為了傷害她也好！O為自己的慾望而憎恨自己，也憎恨史蒂芬先生的自制力。她要他愛她。是的，這就是真相。她要他急著吻她的嘴，急著進入她的身體，必要的話，蹂躪她也可以，就是不要他在她面前這樣冷靜自持。在華錫時，她一點也不在乎那些占有她的人有什麼樣的感受，因為他們不過是她的愛人從她身上得到樂趣的工具，不過是讓她成為他期待的那種人——磨光的、滑順的、溫柔的，像顆石頭一樣——的工具。他們的手就是他的手，他們的命令就是他的命令。這裡不一樣。荷內把她交給史蒂芬先生，但很顯然是為了和他分享她，而不是想從她身上得到更多，也不是為了把她交出去的樂趣，而是為了分享他目前最心愛的東西，就像他們年輕時共享一趟旅行、一艘船或一匹馬一樣。現在，重要的是荷內和史蒂芬先生之間的分享；它遠比他和她之間的關係更意義重大。此後，他們兩人在她身上尋找的，是對方在她身上留下的印記和軌跡。剛才，當她半裸著跪在荷內身邊、史蒂芬先生用兩手分開她的大腿時，荷內對史蒂芬先生解釋了為什麼O的後庭這麼容易進入，以及他為什麼對這個準備工作很滿意，因為他已經想到可以讓史蒂芬先生隨時隨意使用這個他偏愛的孔洞。荷內甚至還說，如果他想要，可以讓他專享這個孔洞。「啊，當然樂意了！」史蒂芬先生說，但也指出儘管如此，他仍有可能會撕裂O。荷內回答說：「O是你的了。」然後他彎身向O，吻了她的手。一想到荷內可以這樣捨棄某一部分的自己，O便心中大亂。她從這裡看出，她的愛人重視史蒂芬先生更甚於她。雖然他一再對她說，他愛那個被他變成客體的她，讓他可以完全隨意處置她、自由地對她為所欲為，像隨意處置一件家具那樣——有時候，把它送出去比自己保有它更有樂趣——但O發現自己並沒有完全相信他的話。還有另一件事，讓她看出荷內對史蒂芬先生有多麼敬重。荷內曾經那麼熱切渴望看到她被壓在別人的身體下、受他們侵入的情景；每當他看到她那張呻吟或哭喊著的嘴，看到她因痛苦滿溢淚水而閉起的眼睛，他的目光總是那麼含情脈脈，充滿感激之情。如今他竟然離她而去，而且是在向史蒂芬先生展示了她的一切後，像掰開馬的嘴巴向人證明牠足夠年輕那樣，向史蒂芬先生證明了她的美麗之後，或更嚴格來說，證明了她夠符合他的需要之後，而且是在承蒙他接受了她之後，放心離她而去。荷內這樣的行為雖然讓她覺得被侮辱，卻不能改變她對他的愛。就像虔誠的信徒感謝上帝貶抑他們那樣，她心裡仍然很開心自己對荷內還是很重要的，讓他想從冒犯她的行為中得到歡愉。只是，在史蒂芬先生身上，她發現他有一種鋼鐵般堅定而冷峻的意志；它不會屈服於慾望，不論她是多麼動人、多麼順服。在這個意志之前，直到目前為止，她根本什麼也不是。否則，她怎麼會覺得如此害怕？連華錫僕役腰帶上的鞭子或幾乎不曾離身的鎖鍊，都沒有史蒂芬先生凝視著她的乳房卻堅持不碰它的那種平靜目光來得可怕。她很清楚，在光滑豐滿又沉重的胸部烘托下，她瘦弱的肩膀和纖細的身軀顯得格外脆弱。她沒辦法阻止它們顫抖，除非她能停止呼吸。期待這樣的脆弱能讓史蒂芬先生心軟是徒勞的，她心裡很清楚情況正好相反：她的柔順會召來愛撫，也會招致傷害；會召來雙唇，也會招致利爪。一個想像畫面突然閃現她的腦海：史蒂芬先生用他夾著菸的右手中指指尖擦過她的乳頭，讓它立刻降服，更為緊繃。而這對史蒂芬先生來說不過是一種遊戲，或者說是一種檢驗，就像人們檢驗一架機器是否運作正常。O對這一點確信無疑。史蒂芬先生沒有離開沙發的扶手，只是開口叫O脫掉裙子。O的兩手汗溼，解不開搭扣，試了兩次才脫下裙底的黑色橫紋綢襯裙。褪去全身衣物後，她的高跟鞋和褪到膝上的尼龍絲襪，襯托得她的腿更加細長、大腿更加白皙。這時史蒂芬先生也起身了，一手抓住她的下體，把她推向沙發。他讓她背靠著沙發跪在地上，而且為了讓她肩膀抵著沙發而不是腰部，他把她的雙腿稍微掰開一點。她的兩手放在腳踝上，下體微張，全裸胸脯上的脖子向後仰。她不敢看向史蒂芬先生的臉，但看到他動手解開睡袍上的腰帶。他跨到一直跪著的O身上，抓住她的後頸，插進她的嘴裡。他要的不是她雙唇的愛撫，而是她的喉嚨深處。他插入很久，O感覺到他塞在她口中的肌肉在膨脹、變硬，讓她快不能喘息，而它緩慢且一再反覆的衝撞逼得她眼淚直流。為了更徹底插入她咽喉內，他索性讓兩邊的膝蓋抵著沙發、貼在她臉頰兩邊。有那麼一會兒，他的臀部就坐在她的乳房上，她感覺自己無用而被鄙夷的下體燃燒起來。儘管他久久地陶醉在她口中，卻在達到高潮前就默默地從她口中撤出，站起身來，但沒有重新繫上睡袍。他對她說：「妳很輕浮，O。妳愛荷內，但是妳很輕浮。荷內沒有發現妳渴望所有對妳有慾望的男人嗎？他難道沒意識到，把妳送去華錫，或把妳交給其他人，是在幫妳提供掩飾淫蕩本性的藉口？」O回答：「我愛荷內。」史蒂芬先生接著說：「妳愛荷內，但是妳尤其渴望我。」沒錯，她是渴望他，但如果荷內知道這一點，事情會有任何不同嗎？她只能沉默不語並垂下眼睛，因為她如果看著史蒂芬先生的眼睛，就等於向他招認了。這時，史蒂芬先生俯身向她，抓住她的肩膀，讓她躺到地毯上。她仰臥著，抬起雙腿並曲起膝蓋。史蒂芬先生坐在她剛才靠著的位置上，抓住她的右膝，把她拉向自己。由於她面對著壁爐，壁爐的火光這時直接照在她的雙腿間和臀部上。史蒂芬先生沒鬆開手，忽然命令她愛撫自己，而且不准她闔上雙腿。O先是愣住，卻仍順從地往她的私處伸出右手，手指碰觸到那已在濃密毛髮中燃燒發燙的小丘，就在她嬌嫩唇瓣的相接之處。但她突然收回手，結結巴巴地說：「我做不到。」她是真的做不到。她只曾經在自己一個人睡時，在家裡那張溫暖陰暗的床上偷偷嘗試過，卻從沒堅持到得到高潮。後來它有時會在睡夢中突然襲來，醒來時卻只覺被這既強烈又短暫的感受欺騙了。史蒂芬先生兩眼定定看著她。她無法承受，只是重複說著：「我做不到」，閉上眼睛。她想起一件她從不曾忘記的事，而且每次想到它都仍讓她像當年目睹時覺得一樣噁心。當時她十五歲，瑪麗安的身子深陷在旅館房間的皮椅中，一條腿搭在椅子扶手上，頭則半倚在另一邊扶手上。她當著O的面愛撫自己，同時不停呻吟著。瑪麗安還說了一件事：有一天她在辦公室裡，以為只有自己一個人在，便這樣愛撫起自己，忽然她的主管走進來，撞見了這一幕。O還記得瑪麗安的辦公室是一間有淺綠色牆壁的空蕩蕩房間，從北邊布滿灰塵的玻璃窗透進來的光線很微弱，裡頭只有一張椅子是給訪客坐的，放在辦公桌的對面。「妳成功躲開了？」O問她。「沒有。」瑪麗安回答。「他要我在他面前再做一次，而且他鎖上門，讓我脫下內褲，把椅子推到窗戶前。」瑪麗安的勇氣，讓O當時佩服得五體投地，卻也同時害怕起她來。她堅決地拒絕了在瑪麗安面前愛撫自己，並表示她絕對不會這麼做，不論在任何人面前。瑪麗安只是笑著說：「等著瞧吧。等妳的愛人要求妳時，看妳做不做。」

荷內從沒要她這麼做過。如果他要求，她會順從嗎？是的，她當然會，但一想到自己也會在荷內眼裡看到那種嫌惡的神情，她就嚇壞了。這真的很荒謬。而且現在要求的人是史蒂芬先生，這就更荒謬了。就算史蒂芬先生因此覺得噁心又怎樣，她又不在乎他的感受。但不管怎樣，她都沒辦法做這件事，於是她第三次喃喃說道：「我做不到。」聲音雖然很低，但他還是聽見了。他不理她，站起身來，繫上睡袍，然後命令O也站起來。他說：「妳這樣叫做服從嗎？」他用左手抓住她兩只手腕，然後用右手用力打她耳光。她的身子一晃，要不是他抓著她，她已經跌倒在地。他說：「跪下來。聽好，我想荷內對妳的訓練還是不夠。」她囁嚅道：「我一向聽荷內的命令。」「妳混淆了愛情和服從。妳只需要服從我，不必愛我，我也不必愛妳。」這時候，一種莫名的反叛情緒在她體內升起，心底默默地否認她聽到的每一句話，否認她答應順服、當奴隸，否認她自己的允諾、自己的慾望，否認她的裸露、她的汗水、她顫抖的雙腿、她的黑眼圈。史蒂芬先生讓她伏下身子，手肘頂地，頭枕在兩臂間，臀部翹起，然後從她的後庭強行進入以撕裂她，就像他對荷內提到的一樣撕裂她。她憤怒地咬緊牙關掙扎著。第一次，她沒叫出聲。他又更猛烈地插入一次，這次她大聲叫出來了。接下來他每次抽出又插入——於是再一次撕裂她——她都叫出聲來。她尖叫，既是出於反抗，也是出於痛楚，而他很清楚這一點。她也知道，他很滿意自己逼得她叫喊出來，因為這意味她被征服了。完事之後，他扶她起身，在放開她之前對她說，他射進她身體裡的東西會跟著她的血慢慢從他加諸她的傷口中滲出來。這傷口會一直燒灼著她，除非她的臀部再供他使用。他會繼續強迫進入這個通道。使用它，是荷內為他保留的權利，他不會放棄享受它，而她最好不要在這件事上抱持任何幻想。他提醒她，她已經答應當荷內和他的奴隸，但她不可能知道——清清楚楚地明白——她自己承諾了什麼。而等她終於搞清楚，到時已經太遲，再也逃不了。

O一邊聽他說話，一邊在心裡說：總有一天他要逃避對她的迷戀恐怕也會太晚，因為她不打算太快被馴服，而等到那一天到來，他可能也會有點愛上她了。因為不論她內心裡的反抗，或她怯懦地表現出來的拒絕，都只為了一個理由：她也要為史蒂芬先生而存在（儘管只有一點點），就像她為荷內而存在一樣，而且她要他對她除了有慾望之外，還要有些感情。這不是因為她已經愛上他，而是她很清楚荷內深愛著史蒂芬先生，那種男孩對兄長懷抱的熱烈情感。她也很清楚，為了滿足史蒂芬先生，荷內已經準備好在必要時把她獻給史蒂芬先生。根據某種確信的直覺，她知道荷內會模仿史蒂芬先生對她的態度；如果史蒂芬先生對她表現出蔑視，不論荷內有多愛她，他都會被史蒂芬先生感染，以一種那些華錫其他男人做不到的方式。那些人的態度從來不能影響他。因為在華錫時，荷內是她的主子。他把她交給那些男人，而他們對她的看法其實是來自荷內自己。但是在這裡，荷內不再是主子，而且相反的，史蒂芬先生才是他的主子，只是荷內自己沒有完全意識到這一點。也就是說，荷內崇拜他，想要模仿他，想和他並駕齊驅，這就是為什麼他什麼都和他分享，以及為什麼他會把O交給他的原因。現在，事情已經很明顯，他把她完全奉獻給他了。荷內會繼續愛她，只要史蒂芬先生覺得她是有價值的，而且換他愛上她。到這時她終於明白，史蒂芬先生才會是她的主子——不論荷內心裡怎麼想——她唯一的主子，他和她之間是確確實實的主人與奴隸關係。她不期待從他身上得到半點憐憫，但難道她不能從他那裡求得一點愛的感覺嗎？此刻他正慵懶地坐在壁爐旁的那張沙發椅上——本來他一直坐在那裡，直到荷內離開——讓O全身赤裸地站在他前面，叫她等待他進一步的命令。她聽命靜待著，一句話也沒說。然後他站起身，要她跟著他走。這時候的O身上除了高跟鞋和黑色絲襪外，全身赤裸。她跟著他步上一道從地面樓通上來的樓梯，走進一間小小的房間，小得只夠在角落放一張床，還有一張化妝台和一把椅子擺在床和窗戶之間。這間小房間和另一間較大的房間相連，那是史蒂芬先生的房間，兩個房間共用一間浴室。O洗好澡，把自己擦乾——浴巾沾上了一點粉紅色——然後脫掉高跟鞋和絲襪，躺進冰冷的被子裡。窗簾是拉開的，外頭是黑沉沉的夜。在關上連接兩個房間的門之前，史蒂芬先生走到已經上床的O身邊，吻了吻她的手指尖。這個動作他曾經做過一次，那是在酒吧裡當她從高腳凳起身時，而當時他出言讚美了她的鐵戒指。就這樣，在他用手和性器官進入她、蹂躪了她的後庭和嘴之後，最後竟然只是用他的嘴唇碰碰她的手指尖。O哭了，直到清晨才入睡。

第二天，接近中午時分，史蒂芬先生的司機開車送O回家。O是在早上十點鐘醒來的，一個黑白混血的老女僕為她端來一杯咖啡，幫她放洗澡水，還為她準備好衣服，但她的皮裘、手套和手提包要等她下樓後才從客廳的沙發上取回。客廳裡沒有人，百葉窗和窗簾都已經拉開。從沙發前的玻璃窗看出去，有個像水族箱似的綠色小花園，當中只種了常春藤、冬青樹和衛茅。她穿上皮裘大衣時，黑白混血老女僕對她說，史蒂芬先生出門去了，留下一封信要給她。信封上寫著她的姓名縮寫，裡頭的白色信紙上只寫了兩行字：「荷內打過電話，說他六點會到攝影棚接妳。」他的簽名只簽了一個S，最末又附上一句：「下次來訪時會有馬鞭伺候妳。」O打量四下，看到在昨天荷內和史蒂芬先生坐的那兩張沙發間，有張桌子上放著一根又細又長的馬鞭。老女僕在門邊等著為她開門。O把信放進手提包裡，然後便離開。

所以，荷內打了電話給史蒂芬先生，而不是打給她。她回到家，脫掉衣服，換上睡袍，用了午餐。在三點鐘該回到攝影棚之前，她還有時間慢慢化妝、梳頭、換衣服。她家裡的電話沒響，荷內沒打給她。為什麼？史蒂芬先生跟他說了什麼？他們之間又是怎麼說她的？她還記得他們倆在她面前是怎樣隨意地討論她的身體有多麼符合他們的要求。說不定，這只是因為她不習慣英文的這一類用語，所以只能找到下流的法文來轉換。但她的確像妓女一樣被一個又一個男人占有過，他們又怎麼可能對她另眼相待？「我愛你，荷內，我愛你。」她反覆說著。「我愛你，你想要我怎樣都隨你的意，但不要拋下我，天哪，不要拋下我。」

誰會憐憫等待的人？等待中的人很容易認出來，從他們柔和、偽裝專注的目光——是的，專注，但他們看到的是其他事物，而非眼前的——從他們的心不在焉。三個小時以來，O在攝影棚裡為一個她不認識的紅髮、豐滿、展示帽子的嬌小模特兒拍照時，就是這麼一個心事重重又心不在焉的人，為一分一秒過得如此緩慢而焦躁不安。她穿著絲質的紅色上衣和襯裙，搭配蘇格蘭格紋裙和麂皮短外套。紅色上衣從她半敞的短外套裡露出來，使她本就白皙的皮膚顯得更蒼白。紅髮的嬌小模特兒說她看起來像個有危險吸引力的女人。O心想：「吸引誰呢？」兩年前，在她認識荷內、愛上荷內以前，她也許會信誓旦旦地說：「吸引史蒂芬先生。」然後再加上一句：「而且他一定會感覺到。」但是她對荷內的愛，以及荷內對她的愛，解除了她所有的武裝，結果，它不只沒有賦予她證明其力量的新證據，還奪去她過去所擁有的。她從前是個冷漠、善變的人，喜歡用一句話、一個動作去逗那些愛上她的男孩，卻從不承諾什麼，然後又任性地把自己給了對方，一次，就那麼一次，當作給他們的獎賞，也為了煽動他們投入更多熱情，自己卻殘酷地不投入半點感情。她很確定這些男人愛她，當中還有一個人企圖自殺。等他出院後，O到他家去，脫光自己的衣服，躺到他的長沙發上，但不准他碰她一下。因為慾望和痛苦而臉色蒼白的他，默默地看著她兩個小時，動都不敢動一下。從那之後，她再也不願見他一面。這不是說她輕視自己在別人身上激起的慾望。她了解它，或者說她自以為了解，因為她也會在她的女性朋友、陌生的年輕女性身上，感受到（她自己覺得）類似的慾望。有些女人回應了她的慾望，有些女人驚恐嫌惡地拒絕了她。對於回應她的女人，她會帶她們到那種非常低調的旅館；那裡的走道狹窄，隔間阻絕不了四面八方而來的聲音。但她所以為的慾望，其實不過是一種對征服的渴望；而她的壞男孩作風、曾經有過幾個情人（如果他們算得上情人）的事實，以及她的冷酷與勇氣，這一切的一切在她認識荷內時全都派不上用場。認識他八天時，她開始害怕、不安起來，但害怕的同時又帶著確定，在不安的同時又感覺到幸福。荷內投向她就像一個強盜撲向一個囚犯，而她滿心歡喜地成為他的俘虜，感覺自己的手腕、腳踝、四肢與身體最私密處，乃至這一顆心，全被荷內以細如髮絲卻堅固有如小人國那些小人捆綁格立佛的繩索所束縛了。只要他一個眼神，就能捆綁她，或解開她的繩索。她再也不是自由的了嗎？啊，感謝上帝，她再也不自由了。但她感覺自己是如此輕盈，像雲端上的女神，像水中的游魚，在幸福之中喪失了自己。她喪失了自己，因為荷內抓在手中的這細如髮絲、堅如繩索的束縛，是為她灌注生命力的唯一管道。這種感覺是如此真實，因為當荷內放開這束縛她的繩索——或她以為荷內放開了繩索——例如當他心不在焉時，或是當他離開時讓她感覺到一種冷淡的態度，或是當他沒和她見面、沒回她的信時，她就會以為他不想再見到她，或他將不再愛她，或他已經不愛她了。所有的這一切，都會讓O呼吸困難，讓她感覺窒息。青草變成黑色的，白日不再是白日，黑夜也不再是黑夜，只是惡毒的機器製造出光與暗的輪替來折磨她。清涼的水也會讓她嘔吐起來。她覺得自己像一座灰燼打造的雕像，嗆人，毫無用處，受到詛咒，就像蛾摩拉的鹽柱。因為她是有罪的。那些愛上帝的人，而上帝棄之於漆黑的夜裡，這樣的人是有罪的，因為他們是被棄的。他們在回憶中找尋自己的錯誤。

她也找尋著自己犯了什麼錯，結果只找到一些無足輕重的瑣事，而且問題主要在於她的態度，而不在於她的行為。是的，她是激發了其他男人的慾望，但只有當她沉浸在荷內對她的愛與確信自己屬於他的幸福之中時，她才會注意到他們；而且，在她完全隸屬荷內的情況下，對其他男人而言，她是刀槍不入的、不負責任的，她對其他男人的作為都是沒有下文的——況且，她哪有對其他男人做過什麼？她唯一能受指責的，只有那些妄想，以及稍縱即逝的誘惑。然而，可以確定的是她是有罪的，而且荷內在不知道她犯了什麼錯時(因為它是內在的)，還是處罰了她，而史蒂芬先生卻是立即識破它：她的輕浮。O很高興荷內讓人鞭打了她、讓她變得像妓女一樣，因為這麼激烈的順服可以向荷內證明她對他的歸屬。而鞭子帶來的疼痛與恥辱，以及他們占有O時強迫她高潮或只求自己享樂而毫不顧慮她時的那種淩辱，也讓她覺得她為自己的過錯贖了罪。有些擁抱讓她覺得骯髒，有些放在她乳房上的手是無可忍受的侮辱，有些嘴巴像軟綿綿、骯髒的水蛭一樣吸吮著她雙唇和舌頭，有些舌頭和性器官像黏滑的蟲子一樣撫弄她緊閉的嘴巴，以及她盡全力緊閉的下體和臀部那兩個孔洞；反抗令她的身子僵直，直到鞭子讓她不得不屈服、開放自己，嫌惡地卑躬屈膝。還有，如果史蒂芬先生說得沒錯呢？如果墮落對她來說真的是甜美的呢？這麼一來，她愈是卑賤下流，荷內就愈願意讓她成為他得到歡愉的工具。她還是個孩子的時候，曾經在英國威爾斯的一個房間裡住過兩個月。它的牆壁是白色的，上面寫著紅色的字，一段新教徒都會寫在他們房子裡的《聖經》經文：「落入活神的手中是件恐怖的事。」不，現在她對自己說，這句話不對。恐怖的事是，被活神拋棄。每次當荷內延遲著跟她見面，比如像今天這樣遲到——六點早就過了，現在已經六點半——O都會急瘋了，也覺得絕望。但她這些反應都是無謂的，那分瘋狂，那分絕望，都沒有成真。因為荷內到了，出現在她眼前。他沒有變，他還是愛她的，只是一場內部會議或額外的工作絆住了他，而他沒時間事先通知她。他一出現，她就馬上脫離窒息的狀態，只是每一次這種事發生時，都會在她心底留下一種隱約的預感，一種不幸的警告，因為他有時候是忘記通知她，理由是一場高爾夫或是一局橋牌拖住了他，甚或說不定是為了另一個女人，因為他雖然愛O，但他也是自由的；因為他信任她對他的愛，所以輕盈自在，反覆無常。每一天都是死亡和灰燼；這種讓她陷入瘋狂、待在毒瓦斯室裡的日子，能不能不要來？噢，願這奇蹟能持續，願神的恩典繼續眷顧我，讓荷內能不離開我！O只活在今天，只活在這個星期；她不看也不想看更遠的日子。每個和荷內度過的夜晚都是個永恆之夜。

荷內終於在七點抵達。他是那麼開心又見到O，於是在那個修理投射燈的電工面前，在從化妝室走出來的紅髮模特兒面前，在誰都沒料到會踩著高跟鞋出現的賈克琳面前，當場擁吻起她。「真精彩的一幕呀！」賈克琳對O說。「我來跟妳拿我上一次的照片，但我想現在不是時候。我走了。」荷內沒放開O，繼續攬著她的腰，急切地對賈克琳說：「小姐，請不要走！」O於是介紹荷內和賈克琳認識。懊惱的紅髮模特兒轉身走回化妝室，電工裝出一副很忙的樣子。O看著賈克琳，感覺荷內也追隨她的目光看著賈克琳。賈克琳穿著一身滑雪衣，那種只有明星才會穿、卻從不見他們穿去滑雪的款式。黑色毛線衫凸顯了她分得很開的小巧乳房，滑雪褲襯托出她修長的雙腿。她全身上下都讓人想到雪：那件灰色海豹皮革外套微微反射著藍色光澤，那是在陰影遮蔽下的雪色；她的睫毛和頭髮閃耀著結霜一般的色澤，讓人想到太陽下的雪。她的嘴唇上搽著紫紅色的口紅，當她微笑著抬眼看向O時，O心想，任誰也抗拒不了啜飲在她那片白霜般睫毛下流轉的綠色眼波的渴望，抗拒不了想脫下那件毛線衫、把手放在那小小乳房上的慾望。事情就是這樣：當荷內一到場，O放下心了，才找回她對其他人和自己的慾望，以及對這個世界的感覺。他們三人一起下樓。在皇家路上，已經下了兩小時的大雪，這時轉而飄著會扎痛人臉的細雪。撒在人行道上的鹽，在他們的鞋底下發出沙沙的聲響，並融化路上的積雪。O感覺一陣冷風順著她的腿吹入裙底，讓她赤裸的下體一片冰涼。

O相當清楚自己在那些她追求的年輕女孩身上尋找些什麼。她並不想讓人感覺她是要和男人一爭高下，也不是想藉著男性化的行為來補償什麼女性自卑感。她完全沒有這方面的問題。二十歲時的她確實做過一些事，當時她在追求班上最美麗的一個女同學，曾經摘下自己的貝雷帽跟她問好，或在她經過時往旁邊退讓一步，還曾在她要下計程車時攙著她的手下車。同樣的，當她們一起在糕點店裡吃甜點時，她也無法忍受自己不付錢。她會親吻對方的手，想要時也會親嘴，可能的話當街就吻起來。雖然這些事看起來像是她在蓄意招惹醜聞，但對她來說，它們比較像是一種孩子氣的行為，而不是來自想當同性戀的信念。相反的，她喜歡那雙任她暢然酣飲的嬌嫩唇瓣；喜歡下午五點鐘，窗簾放下了，壁爐上的燈點亮了，半陰暗的沙發椅上那對半閉著的雙眼；喜歡那說著「喔，我還要！」的聲音；喜歡那一直殘留她手指上的海洋鹹溼氣味。對這一切，她都真心喜愛著，而且是很深沉的感情。還有，她也頗享受獵豔的樂趣，但讓她樂在其中的或許不是獵豔本身——不論它可以多麼有趣、多麼美好——而是她在當中體驗到的完美自由。她，而且是她一個人，在主導著一場遊戲（和男人在一起時她從不這麼做，除非有意採取迂迴的手段）；是她在主導談話，訂下約會和索吻，甚至因此不希望對方主動擁吻她。而且自從她開始擁有情人之後，她還不准她愛撫的女孩回過頭來愛撫她。當她愈急著讓女朋友在她的眼前和雙手下裸露自己，她就愈覺得自己不需要寬衣解帶，經常找藉口迴避，例如說她覺得冷，或她正好身體不適。還有一點是，很少有女孩子讓她沒辦法在她們身上找到某種美感。她記得，中學剛畢業的時候，她想勾引一個不討人喜歡而且壞脾氣的醜女孩，而她吸引O的唯一理由，是她有一頭豐厚的金髮，剪得亂七八糟的髮絡在她暗沉的臉上造成光影，但她的膚質很柔軟、緊實、細緻。結果這個女孩把她趕走了。

如果有這麼一天，女孩這張不討人喜歡的臉開心地亮了起來，那也和O無關。O熱愛看著女孩臉上洋溢光滑、年輕的氣息；那是一種超越時間的青春，不是所謂的返老還童，而是她們微微腫起的嘴唇、像以化妝品強調放大了的眼睛，以及閃爍清亮的瞳孔。在這當中，欣賞的成分多過自豪，因為讓她感動的並非自己造就的成果。她還記得在華鍚時，她也是心情激盪地看著這樣的臉龐：女孩在被陌生人占有時，那張完全改觀的臉。裸體、放縱的身軀，讓她心神蕩漾。當她的女性朋友為了她寬衣解帶，對她而言，那就像送她一個禮物，而她無以為報。她們是在封閉的房間裡對她坦胸露體，因為度假中的裸體——太陽底下，沙灘上的裸體——讓她沒有感覺。這不是因為這種裸體是公開的，而是因為公開後，它們就不再純然、絕對了，某種程度上來說是受到保護的。O總是很慷慨大度地認為其他女人比她美，這麼想反而讓她安於自己的美，而每當她不經意地從鏡子裡瞥見自己時，她在當中看到她們的影像。她的女性朋友對於她的影響力，在她看來就是她自己對於其他男人影響力的表現；她有求於那些女朋友的（而且從不回報她們，或是少得可憐），也是男人熱切向她索求的，而她為此感到開心，也覺得這是理所當然的。她就這樣，同時而且持續地，成為男女兩方的同謀，兩手皆贏。這當然不是說這場遊戲每次都那麼輕鬆簡單。O愛上了賈克琳，沒有比愛別人來得多或來得少，而且「愛上」這個字眼（她經常使用）毫無疑問是很貼切的。那麼，為什麼這次她不表現出來呢？

當嫩芽從堤岸的白楊木上冒出頭，白日變得較長了，讓雙雙對對的情侶可以在離開辦公室後坐在花園裡談心。O覺得自己終於可以面對賈克琳了。冬天時，穿著冷色皮裘的賈克琳讓她覺得太招搖、太耀眼、高不可攀，太難以接近了。到了春天，她換上套裝羊毛衫，穿上平底鞋。留著直短髮的她，看來就像個十六歲的中學生。O想起自己在中學時會抓住女同學的手腕，不發一語地把人推進空無一人的衣帽間，讓她們背靠著掛在牆上的那些大衣。大衣掉了下來，O大笑起來。她和賈克琳在中學時都穿著那種棉質制服，胸口上用紅色棉線繡著自己的姓名縮寫。三年時間的間隔，三公里的距離，賈克琳就在附近的另一所中學裡。這是O後來在無意間知道的，當時賈克琳在為一家名牌展示服裝，還感嘆說道，如果在中學時可以穿得像現在這麼美麗，一定會開心多了——或是，如果當時知道可以在人家強迫她們穿的制服底下什麼都不穿的話。O問她：「什麼都不穿？什麼意思？」賈克琳回答：「就是什麼都不穿囉。」O一聽，臉紅了起來。她到現在都還沒習慣不穿內衣，所有意義曖昧的話都讓她感覺在影射自己的狀況，不論她再怎麼說服自己所有人在衣服下都是光著身子也沒用。她覺得自己就像那個被困在維洛納城中的義大利女人：以一件大衣裹住赤裸的身子，將自己獻給圍城的首領，以解救她的城市。O也認為自己是為了贖回什麼而裸身，就像那個義大利女人一樣，但是為了贖回什麼呢？賈克琳非常有自信，她沒有什麼要贖回的，也不需要有人讓她安心，她只需要一面鏡子就足夠了。O卑微地看著賈克琳，心想別人只能送她玉蘭花或茶花，因為玉蘭花肥厚、沒有光澤的花瓣在枯萎時漸漸轉為茶褐色，茶花則總是在白蠟般的花瓣中透著粉紅色光澤。隨著冬天遠離，賈克琳原來淡褐的膚色也跟著白雪一併消褪。很快的，就只有茶花適合她了。不過，O很擔心被賈克琳取笑，因為茶花是戲劇性很強的花。有一天，O帶來一球藍色風信子，味道聞來像晚香玉，讓人聞了頭昏腦脹：濃滑的、暴力的、頑強的，完全就是茶花應該有卻沒有的味道。賈克琳把鼻子埋進花裡。她的嘴唇從兩個星期前開始塗上粉紅色，不再搽紅色口紅。她說：「這花是給我的嗎？」她就像所有收到禮物的女人一樣高興。她說了謝謝，然後問起荷內是不是會來接O。O說，是的，他會來。她又重複說了一次，他會來，而一向不正眼瞧人的賈克琳，現在看起來不為所動、不予置評，到時會為了他而抬起她清冷如水的眼睛看他一眼。對於賈克琳，別人並不需要教她什麼，不需要教她閉嘴，不需要教她把兩手放在身體兩側，也不用教她把頭向後仰。O是那麼渴望將賈克琳頸背上那過於閃亮的髮絲抓在自己的手中，讓她仰起頭來，讓O用手指頭順著她的眉毛撫摸她。但是荷內也會想要這麼做。O知道為什麼自己原來是那麼勇敢無畏的人，現在卻變得這麼膽小謹慎；為什麼這兩個月以來，她這麼渴望得到賈克琳，卻一句話、一個動作都沒表示。這不是因為賈克琳是不可碰觸的。障礙不在於賈克琳，而在O自己的心裡，而她從未遭遇過如此深刻的障礙。荷內放任她擁有自己的自由，她卻痛恨自己的自由。她的自由比任何鎖鏈都讓她覺得受束縛。她的自由讓她與荷內有所隔離。不知有多少次，她明明可以什麼話都不說，抓著賈克琳的肩膀抵到牆上，用她自己的兩隻手，像用大頭針釘住一隻蝴蝶一樣；想必賈克琳也不會掙扎，大概頂多只會微笑以對。但O從今以後只會像是一頭被俘虜的野獸，是獵人用來引誘其他野獸的餌，或是臣服於獵人，只在獵人的命令下行事。O有時會蒼白著臉、顫抖著，靜靜地緊靠在牆邊站著，而且很高興自己可以不發一音一語。她等的不是許可，因為許可她已經有了。她等待的是命令。不是來自荷內，而是來自史蒂芬先生。

幾個月過去了，自從荷內把O給了史蒂芬先生以後，O驚惶地發現，史蒂芬先生在她愛人的眼中變得愈來愈重要。不過，她也在當下立即意識到自己錯了，事實是史蒂芬先生對荷內來說一向那麼重要，改變的人其實是她：終於察覺這個事實，承認荷內對史蒂芬先生的感情。話雖如此，她仍燃很快就注意到，荷內現在只有在她去過史蒂芬先生家的第二天才會到她的住處過夜（史蒂芬先生則只有當荷內不在巴黎時才會留她待到隔天早上）。她也注意到，每次史蒂芬先生找她過去，而荷內也到場時，他從來不曾碰O一下，除了幫忙讓她更便於史蒂芬先生取用，或是讓她更容易就範——如果她忍不住掙扎起來的話。他很少留下來，也從不待到史蒂芬先生急切地想要她的那一刻。荷內總是全身衣著整齊，就像第一晚那樣。他不說話，菸一根接著一根，往壁爐添柴火，為史蒂芬先生斟酒，自己卻不喝。O覺得荷內在監視她，就像馴獸師監視著自己一手調教出來的動物，留意她是否完全服從，好讓他覺得很有面子。或甚至應該說，他就像王子身邊的守衛，或幫派首領的爪牙：監視著他們從街上找來的妓女。荷內已經讓自己淪為僕人或隨從的角色，證據就是他無時無刻不注意著史蒂芬先生的神情，比O得到的關注還多。在荷內這樣的目光下，O感覺即使自己沉浸在雲雨中，也被剝奪了快感。荷內向史蒂芬先生獻上他的崇敬、仰慕與感激，因為是他使這一切成真，同時也為史蒂芬先生願意在自己提供的東西上取樂而欣喜。毫無疑問，如果史蒂芬先生喜歡的是男人，事情會簡單一點，O毫不懷疑荷內絕對會熱烈地迎合史蒂芬先生的要求，從最微不足道到最嚴苛的都照單全收——但史蒂芬先生只愛女人。她了解到，透過分享她的這個身軀，他們達到了某種比所謂「愛的共融」更神秘、或許也更激烈的結合。這是一種她難以理解的概念，卻無法否認它的真實與力量。只是，這樣的共享，為什麼感覺有點抽象曖昧？在華錫的時候，O同時屬於荷內，也屬於好幾個男人所有。但為什麼荷內在史蒂芬先生面前不只不占有她，甚至也不下令給她（他所做的只是傳達史蒂芬先生的命令）。她問了荷內這個問題。荷內的回答是：「這是出於對他的尊重。」O說：「但我是屬於你的。」荷內回答：「妳**首先**是屬於史蒂芬先生的。」這是真的，至少在這種意義下，荷內把O交給了史蒂芬先生，這件事對荷內而言是至高無上的，史蒂芬先生再小的願望都凌駕荷內的決定之上，也先於O的請求。如果O和荷內本來說好要一起用晚餐，然後一起去看戲，而史蒂芬先生在一小時前打電話來說他這天要O服務他，荷內會照他們約好的去攝影棚接她，但是是送她到史蒂芬先生家大門口，把O交給他。有那麼一次，O非常想陪荷內參加一場他們倆一起受邀的晚宴，正好史蒂芬先生打電話來了，O要求荷內請史蒂芬先生改期，荷內拒絕了O。他說：「我的小可愛，妳還不明白，妳已經不再屬於妳自己，而我也不再是支配你的主子嗎？」荷內不僅拒絕O的請求，還把這件事告訴史蒂芬先生，請他好好懲罰她，以免她還敢有這種自作主張的想法。「這是當然的。」史蒂芬先生答道。這一幕發生在一間有著鑲嵌地板的橢圓形小房間裡，緊鄰著那間淺灰色與黃色調的寬敞客廳，裡頭只有一張有螺鈿裝飾的黑色獨腳小圓桌。荷內只在史蒂芬先生家待了三分鐘——剛好夠他出賣O，聽到史蒂芬先生的回答——然後跟他握手致意，給O一個微笑，便告辭了。O從窗戶看到他穿過中庭，頭也不回地走了。她聽到他關上車門的聲音，聽到他發動引擎的聲音。她不意從鑲在牆上的一面小鏡子裡瞥見自己樣子：臉色一片慘白，神情滿是絕望和害怕。史蒂芬先生為她打開通往客廳的門、側身一讓，她動作僵硬地走過他身前，看了他一眼。他的臉色和她一樣蒼白。這一瞬間，O突然非常確定一件事：史蒂芬先生是愛她的。只是這份確信來得快，去得也快。她無法相信這種事，還暗自嘲笑自己竟有這樣的念頭，但它究竟還是讓她心裡感覺舒坦了一些，動手乖乖脫下衣服，等著史蒂芬先生進一步指示。自從他要求她每個星期到他家兩、三次以來，他總是慢慢地享用她，有時讓她裸著身子等上一個小時，聽著她哀求（她有時會出聲求他）卻怎麼都不回應；他在一定的時刻下同樣的命令，像一場儀式一樣，好讓她知道她的嘴何時該撫愛他，何時她又該跪下、將臉埋在絲質沙發裡，把臀部交給他，那裡現在已經不會再被他撕裂，只要她對他開放自己——是的，她終於對他開放了，儘管恐懼依舊令她顫抖不已（又或者正是因為這份恐懼），儘管荷內的背叛令她絕望（但或許正是因為這分絕望），她把自己完全交給他，任他為所欲為。然後，從他們認識以來第一次，她順從又溫柔地，和史蒂芬先生明亮炙熱的眼睛四目相對，他突然用法文對她說：「O，我現在要塞住妳的嘴，因為我要鞭打到妳流血為止。妳願意嗎？」O回答：「我是您的，您可以對我為所欲為。」她赤裸地站在客廳正中央，高高抬起的雙臂被手環扣在一起，串在一條鐵鏈上——鐵鏈的盡頭是固定在天花板上的一個圓環，那裡過去是吊著水晶枝形吊燈的位置——使得她的胸部自然地向前傾。他先是撫摸她的乳房，接著親吻它們，然後吻上她的唇，一次不夠，吻了十次(以前他從來沒吻過她)。他把口銜塞到她口中。她感覺自己滿嘴潮溼帆布的味道，舌頭被頂到喉嚨，牙齒幾乎咬不住口銜。史蒂芬先生輕輕抓住她的頭髮。靠著鏈條保持平衡的她，腳下一個不穩。「O，原諒我。」他對O說(以前他從未請求過她的饒恕)，然後開始鞭打她。

荷內一個人去了他們倆本來要結伴參加的晚宴，在午夜過後回到O的家裡，發現她已經就寢，身上穿著那件白色睡衣，在床上顫抖著。史蒂芬先生親自送她回來，帶著她上床躺下，而且又吻了她。她把這一切都告訴了荷內，也對荷內說她再也不會違背史蒂芬先生的意思了，雖然她很清楚，荷內會因此斷定她就是需要被鞭打——他非常樂見這一幕——才會聽話。這是真的，但這並非她決定遵從史蒂芬先生命令的唯一理由。她同時很清楚，讓她被鞭打這件事，對荷內也是必要的。他愈是害怕自己動手（所以他從來無法下定決心做這件事），就愈喜歡看到她在鞭子下掙扎、聽她哭喊。史蒂芬先生只當著他的面用馬鞭打過她一次。那次，荷內讓O趴在桌上，兩手抓著她，讓她保持同樣的姿勢不動，只要她的裙子滑落，他就把它再掀起來。甚至，說不定荷內更迫切需要的，是當他不在O的身邊時，例如外出散步或上班的時候，知道O正在鞭子下掙扎、呻吟、哭泣，哀求著饒恕卻不可得，心裡明白這份痛苦和屈辱是出自她的愛人荷內的意志，是為了他的歡愉。在華錫的時候，他曾經讓僕役鞭打她。而史蒂芬先生身上那種嚴酷主子的威嚴，是他所欠缺的。這個世界上他最仰慕的人也喜歡O，還願意費神調教她、讓她更順從——O看得出來，這一點只是更強化了荷內對她的熱情。所有曾經深深探入她口中的那些嘴巴，所有曾經抓住她的雙乳和下體的手，所有曾經進入她體內的性器官，以及那些明明白白證明自己被當成神女的事，可以說同時讓O在某種程度上成為了獻祭。

不過，跟史蒂芬先生提供的證明相較之下，其他那些在荷內眼裡根本什麼都不是。每次她一離開史蒂芬先生的懷抱，荷內就在她的身上尋找天神的印記。O很清楚，如果要說他幾小時前「出賣」了她，那也是為了激發新的傷痕，而且是更殘酷的。她也很清楚，儘管激發這些傷痕的理由有可能消失，但史蒂芬先生是不可能收手的。真是太不幸了。（她心裡想的其實是：真是太好了。）荷內此時激動地看著她細瘦身軀上那些紫色鞭傷良久。它們看起來像粗厚的繩索，布滿她的肩頭、後背、臀部、下腹和胸部，有的甚至還交錯。她的身上，從這裡到那裡都微微滲著血珠。「喔，我真的好愛妳……」他低聲說，雙手顫抖著脫下身上的衣服，熄了燈，躺到O的身旁。他要了她。黑暗中，她為之呻吟不止。

O身上的鞭痕幾乎一個月才消失，但皮膚裂開的地方還留下白色的痕跡，就像那種舊時留下的傷痕。然而，一旦她表現得好像忘了這些鞭痕是怎麼來的時，荷內和史蒂芬先生就會用他們的態度提醒她。荷內當然有O家裡的鑰匙。他從沒想過要打一把給史蒂芬先生，這大概是因為，史蒂芬先生到目前為止從沒表示過他想到O的家裡去。但史蒂芬先生那天晚上送O回家這件事，讓荷內突然意識到，說不定這扇只有他和O能開啟的門，會被史蒂芬先生視為荷內故意設置的一道障礙、一個屏障、一個限制；而如果他一方面把O交給他，另一方面卻不給他可以隨時在O家裡進出的自由，實在是很荒謬的事。於是他也配了一把鑰匙給史蒂芬先生，而且在他收下後才告訴O。O根本沒想到要抗議，而且她很快就發現，自己在等待史蒂芬先生到訪時，心情不可思議的平靜。她等了很久，想著他會不會突然在午夜來到，會不會趁著荷內不在的時候來，會不會自己一個人來，甚至，他到底會不會來。她不敢對荷內說她心裡這些想法。一天早上，清潔婦正好沒來，她也比平常起得還早，十點鐘就已經穿好衣服準備出門。這時候，她忽然聽見鑰匙轉動門鎖的聲音。她飛快跑到門邊叫著：「荷內！」（因為荷內偶爾會突然在這種時間出現，她根本沒想到除了他之外還會有誰），結果是史蒂芬先生。他笑著對她說：「對啊，我們來打電話給荷內。」但荷內在辦公室裡有個約會，要一個小時後才能到。O的心狂跳著（自己也不明白為什麼），看著史蒂芬先生放下話筒。他讓她坐在床邊，兩手捧著她的頭，讓她微微張開嘴，吻了她。這吻是如此激烈，讓她幾乎喘不過氣來。要不是他抱住她，她身體已經滑落到地上了。但他確實抓住了她，讓她坐直身軀。她不明白自己為什麼會這麼不安、這麼焦慮，畢竟，史蒂芬先生還有可能做出任何她沒經歷過的事嗎？他請她脫掉衣服，看著她順從地服從自己，一句話也沒說。她不是已經習慣在他面前一絲不掛，就像她很習慣他的沉默、習慣等待他決定他想得到哪一種愉悅了嗎？她不得不承認她一直在欺騙自己——如果這個時間、這個地點，還有「她在這個房間裡不曾對荷內以外的男人裸露自己」這個事實，令她覺得措手不及的話——令她焦慮不安的主要原因始終只有一個：當她的自我被剝奪時。現在跟之前不一樣的地方只在於，此時此刻她的自我被剝奪感特別難受，因為現在的她不是在某個她專程前往的特定地點，在那裡她除了服從別無選擇；也不是在相對於白日的夜晚，人們在其間投入一場夢境或一種祕密的生活方式；夜與日的對比，就像華錫對比她與荷內在一起生活。但五月天早晨的明亮陽光，把祕密變成公開的了：從今以後，夜晚的現實將與白天的現實合而為一。從今以後——O心想，真相終於大白。毫無疑問，這就是那種奇特感覺的來源，一種安全感參雜著恐怖感的感覺。她感覺自己正在向它屈服；之前她雖然不明所以，卻對此有所預感。從此以後，將不再有間歇，不再有結束，也不再有赦免。因為他是她長久以來等待、期望的人，於是他一出現，就成了她的主子。史蒂芬先生是個比荷內更苛求、也更有主見的主子。無論O是多麼愛荷內，荷內又是多麼愛她，他們之間是某種平等的關係（或許只是年齡上的平等），這種平等關係消弭了她對他的服從，使她意識不到自己從屬於他。不論他要求她做什麼，她都願意去做，單純只是因為那是他想要的。然而，彷彿他對史蒂芬先生的仰慕和敬意也轉移到她身上，她服從史蒂芬先生，真的把他的命令視為命令，並為他下達這些命令而感激他。不論他對她說的是法文或英文，也不論他稱呼她「妳」或是「您」，她都只稱呼他史蒂芬先生，就像自己是個陌生人或僕人那樣稱呼他。她心想，如果她敢說出口，「主子」這個稱呼還更適合他；至於他對她，用「奴隸」這個字眼來稱呼比較貼切。她也對自己說，這樣很好，因為荷內會為她身為史蒂芬先生的奴隸而開心愛她。於是，她重新穿上高跟鞋，把衣服疊好放在床腳，然後面對倚窗而立的史蒂芬先生，半垂著雙眼，等待著。大太陽穿透小圓點薄紗窗簾，感覺陽光頗熱，照在她的臀部上。O並未刻意想擺出什麼特別的風情，但很快就想到她應該多灑些香水，而且她也忘了在乳頭點上腮紅，同時慶幸自己穿著高跟鞋，因為她腳趾甲上的蔻丹已經開始剝落。然後，她忽然明白自己在這沉默中、在這明亮的陽光下等待著（心裡卻不承認）什麼。她在等史蒂芬先生向她示意或命令她在他面前跪下來，為他解開扣子，愛撫他。但結果什麼都沒發生。這只是她自己一個人想太多，於是忍不住漲紅臉，心裡一邊斥責自己荒謬：明明是個妓女，竟然還有羞恥心跟人家害臊?!這時候，史蒂芬先生請O坐到她的化妝台前，他有話要對她說。嚴格來說，它不是真的化妝台，只是在牆上一塊低矮的板架上擺了一面復辟時期的大型合頁鏡，上頭擺滿各式各樣的刷具和瓶罐。從鏡子裡，O可以看到自己坐在低矮扶手沙發椅上的全身影像。史蒂芬先生一邊跟她說話，一邊在她身後走來走去，身影時而反映在鏡子裡，在O的背後，只是影像看起來有點久遠，因為鏡子的水銀已經斑駁，有些發暗。O，雙手分開，膝蓋沒有併攏，很想抓住鏡子裡一直走動著的影像，讓他停下來，她才好回答他的問題。史蒂芬先生用的是簡潔的英文，一個問題接著一個。他最後的幾個問題，O沒想到他問得出口，雖然她早有心理準備他什麼問題都可能問到。不過，他才開始說沒幾句就打住，走過來調整O的坐姿，讓她倒臥沙發椅中，身子向前傾滑，左腳抬起來掛在扶手上，另一隻腳微屈。O全身沐浴在光線下，在她自己和史蒂芬先生的視線中呈現出一副完美的姿態，就像一個看不見的情人剛從她身上撤出，留下她處於微微開啟的狀態。史蒂芬先生用法官一般的威嚴，像聽告解的神父那樣有技巧地繼續問她問題。O沒看他說話，只是看著鏡子裡的自己一一回答問題。從她由華錫回來以後，除了荷內和他之外，她有沒有和其他人發生過關係？沒有。她是否想過要和其他她認識的人發生關係？沒有。她晚上自己一個人的時候，是否曾經愛撫自己？沒有。她有沒有愛撫過女人，或是被女人愛撫過？沒有（這個「沒有」不像之前的那麼篤定）。她是不是曾經對女性朋友有慾望？是有一個賈克琳，但她們算不上朋友，說是同事還差不多，或甚至說「女伴」也行，這是高級寄宿學校裡有教養的女學生喜歡用的稱呼。史蒂芬先生問O有沒有賈克琳的照片，然後扶她起身，讓她去找照片。當荷內用跑的爬上四段樓梯、喘吁吁走進客廳時，看到的是這一幕：O站在一張大桌前，上頭擺滿了賈克琳的照片，黑與白，猶如夜色下一畦畦的小水窪。史蒂芬先生半坐在桌上，一隻手從O手裡接過一張張照片端詳，再一一放回桌上，另一手放在O的下體。荷內進來時，史蒂芬先生跟他打了招呼——但沒放開O，她甚至感覺到他的手向她的體內探得更深——然後不再跟她講半句話，只和荷內交談。對O來說，這當中的道理很明顯：荷內一在場，他和史蒂芬先生之間的協議就建立起來，她因此被擺到一旁，因為她只是這個協議的起因或對象。他們不必再對她提問，她也不必再回答問題。這時候她該做什麼，甚至她該是什麼，都不是由她自己決定。時間已近中午。太陽直射在桌子上，讓照片邊緣開始捲起。O想挪開照片，把它們攤平，以免被太陽曬壞了，只是她的手指不聽使喚顫抖著，因為史蒂芬先生的手在她體內的動作燒灼著她，幾乎令她呻吟起來。最後，她還是忍不住發出了呻吟。下一秒，史蒂芬先生就粗暴地推她仰倒在那堆照片上，轉身走開。她大張的雙腿懸在桌邊，兩腳搆不到地，一只高跟鞋溜了下去，無聲無息落在白色地毯上。陽光大剌剌照在她的臉上。她閉上眼。

即使很久以後，她應該都還會記得這個時候從旁聽見史蒂芬先生和荷內之間的談話。她已經不再為這些話感到震驚了，好像那是與她無關的事，同時又像是她過去經歷過的事。她確實經歷過類似的情況，從荷內第一次帶她去見史蒂芬先生那時起，他們就一直是用這樣的方式在討論她。然而，第一次去他家時，她對史蒂芬先生來說還是個陌生人，而且當時說話的人主要是荷內。從那次見面後到現在，史蒂芬先生已經讓她屈從於他所有的奇思怪想，已經依他的喜好重新塑造了她，已經向她索求、也確實得到最敗德的款待了。他擁有的已經是她的全部，她無法再給他更多了——至少她是這麼認為。史蒂芬先生在她面前通常是沉默的，而他現在正在說話，和荷內談論他們在一起時經常談起的話題：她。他們討論著如何更善加使用她，並分享各自在占有她的過程中有什麼獲得。史蒂芬先生欣然承認，當O身上布滿鞭痕時，而且不論是哪種鞭子造成的，她往往顯得更楚楚動人，因為只要有這些鞭痕在，她就無法欺瞞，而別人一看到它們就知道可以對她為所欲為。畢竟，知道是一回事，看到證據而且看到證據一再出現，又是另一回事。史蒂芬先生說，荷內希望看到她被鞭打是有道理的，所以他們決定——先不論他們能從她的眼淚和哭喊中得到多少樂趣——有必要時就鞭打她，以便讓她身上隨時都帶著鞭痕。O聽著他們倆交談，依然一動不動躺在那裡，下體也仍燃燒著，突然心生一種奇特的感覺：史蒂芬先生彷彿變成了她的替身，正在代替她說話。這就好像他以某種方式進入了她的身體，因此能感覺到她的焦慮、痛苦和羞恥，也同時感受到她暗地的自豪，以及痛苦帶給她的快感——這種感覺最強烈的時候，是當她一個人置身陌生的人群中、路上的行人間、在公車上時，或當她在攝影棚內和模特兒們、道具人員同在的時候。她對自己說，這些她身邊周遭的人，如果他們遭遇某種變故而倒臥在地，或必須叫醫生來，即使他們喪失了知覺、必須暴露自己的身體，都仍可以保有自己的祕密，但是她不能。她的祕密不是光靠保持沉默就可以守住的，也不是靠她自己就能保住的。即使她想稍稍放縱自己一下，她也不可能隨興行事——這正是史蒂芬先生其中一個問題的真實含意，因為真相立即會暴露無遺。除此之外，她也不能再從事那些單純、無害的活動了，例如打網球、游泳，但不准做這一類的事，其實讓她覺得欣慰，就像女子修道院的柵欄阻絕裡頭的修女自由自主，也阻止她們逃跑一樣。而基於同樣的原因，她該怎麼讓賈克琳不至於唾棄她，同時又不用冒險向她解釋所有真相——甚至只是部分的真相？

陽光已經偏移，離開她的臉龐。她仍躺在那些照片上，肩膀黏在照片光鑑的表面上。這時她感覺自己的膝蓋碰觸到史蒂芬先生大衣的粗硬衣襬。他回到她身邊了。他和荷內一人拉住她一隻手，扶她站起身。荷內為她撿起地上那只高跟鞋。她該把衣服穿上了。後來O和史蒂芬先生單獨在塞納河畔的聖克魯鎮共進午餐時，史蒂芬先生又開始詰問她。他們坐在有遮陽篷的露台上，桌上覆著白色桌布，四周環繞著小蠟樹籬，樹籬下是一個花壇，栽滿了含苞待放的深紅色牡丹花。沒等史蒂芬先生有任何表示，O已經先乖乖撩起裙子，在鐵椅上坐定，許久後她光裸的大腿才讓冰冷的金屬變暖。坐在桌旁，他們可以聽到另一頭的河水拍擊著繫在露台盡頭那道棧橋上的小舟。史蒂芬先生面對O坐著，O慢慢地回答他，決定對他再不說一句假話。史蒂芬先生想知道的是：為什麼她會喜歡賈克琳？喔，這個問題太簡單了，因為她覺得賈克琳實在太漂亮，就像那種人家會在聖誕節送給窮苦孩子的大洋娃娃，他們會珍惜得連碰都不敢碰一下。還有，她很清楚自己不曾對賈克琳表露過愛慕之心，也從未嘗試勾引她，是因為她真的不想這麼做。說這話時，本來一直看著牡丹花的她，這時候突然抬眼，卻發現史蒂芬先生正目不轉睛盯著她的嘴唇瞧。他到底有沒有在聽她說話？抑或他只是聽著她口裡發出的聲音，看著她的嘴唇開合而已？她突然打住不說了，史蒂芬先生於是抬眼看她，正好和她四目相對。這一次，她從他的眼底看清了他，而他也很清楚她看透了自己，輪到他臉色一變。如果他真的愛她，他會原諒她看破他的心意嗎？她無法移開目光，也無法微笑，更無法說話。如果他愛她，事情會有改變嗎？即使她命懸一線於此，她也無法有任何動作，無力逃走，她的雙腿不會帶她到任何地方去。也許他對她別無所求，只想要她順從自己的慾望，在他對她仍抱有慾望時。然而，光用慾望就可以解釋這一切嗎？因為自從荷內把她交到他手中後，他愈來愈常找她、留住她，有時卻只是要她待在他身邊，不要求她做什麼。現在他坐在她面前，不發一語，一動不動，就像她一樣。鄰座有幾個生意人，一邊喝著黑咖啡，一邊高談闊論。那咖啡又黑又濃，香氣竟飄散到他們這邊來；一旁還有兩個美國人，衣著考究，態度高傲，用餐用到一半就抽起菸來。礫石在侍者腳下喀喀作響，其中一人走過來斟滿史蒂芬先生已經空了四分之三的酒杯。只是，倒酒給一尊雕像、一個夢遊者，有必要嗎？史蒂芬先生沒有任何反應。O開心地發現，當他熱切的灰色眼眸游移，那是為了看向她的手、她的胸部，然後又回到她的眼睛。她終於看到他嘴角露出淺笑，也鼓起勇氣回以一笑。但要她說話？一個字都不可能。她都快不能呼吸了！「O……」

史蒂芬先生說。「是。」O無力地答道。「接下來我要跟妳說的，是我和荷內一起決定的。但是我……」他停了下來。O永遠不會知道他沒立刻接著往下說，是因為她心情激動地閉上眼，還是因為他自己也喘不過氣來。侍者這時候上前來更換盤子，同時拿菜單給O選甜點。O把菜單遞給史蒂芬先生。一份舒芙蕾。好，一份舒芙蕾。舒芙蕾要等二十分鐘。好，那就二十分鐘。侍者離開了。史蒂芬先生說：「我需要二十分鐘以上說這件事。」他從容地繼續剛才的話題，而且很快就讓O明白至少有一件事是可以確定的，那就是：如果他真的愛上她了，他們之間的一切還是沒有絲毫改變，只除了他現在會以比較尊重、熱切的語氣說「如果妳可以……我會很高興」來代替之前直接要她同意的命令。儘管如此，它在O聽來一樣是命令，絕對不敢不聽命行事。她把這一點跟史蒂芬先生說了，他也表示同意。「但我還是要請妳事先答應我。」他說。「您要我做什麼，我都願意。」O回答。這句話一如回音般在她心中迴響起來：「你要我做什麼，我都願意。」她曾經對荷內這麼說。想到這裡，她喃喃說道：「荷內……」史蒂芬先生聽見了。「荷內知道我想要妳做什麼。現在妳聽我說。」他用英文低聲說著，鄰座的人不可能聽見。每當侍者接近時，他就打住，等侍者走開後才又接著往下說。在這樣寧靜的公眾場合中，他的這番話聽起來十分不協調，但最奇特的地方還是在於，他竟然把話說出來了，而O竟然也不動聲色地聽著。他一開始說到的是，她第一天晚上到他家時，他下了一道命令，但是她沒有遵從。他還說到，那次他雖然打了她一耳光，但從那之後，他不曾再下過那道命令。那麼現在，她是不是能夠答應這件事了呢？O明白，現在她不只是必須答應，他還要聽她親口說出來，用她自己的話說：好，她願意愛撫自己，只要他要求她，她一定會照做。她真的親口說出來了，腦海中同時又看見那間黃色、淺灰色調的客廳，看見荷內離開，看見她第一晚的反抗，以及當她赤裸裸躺在地毯上時，照亮她兩腿之間的那團爐火。今天晚上，她就要在同一間客廳裡……但事情並非如此，史蒂芬先生沒有提到這個，只是繼續說著她還不曾當他的面被荷內（或其他人）占有過，卻曾在荷內面前被他占有（在華錫則是被一群其他男人占有），但是她不應該光憑這一點，就論定只有荷內會羞辱他，在愛她的男人面前把她交給不愛她的男人，而且或許還樂在其中（他說了很久，內容是如此殘酷——她很快就必須向他的朋友，那些見到她之後可能會對她產生慾望的朋友，敞開她的雙腿、雙臀和雙唇——以致於O不禁懷疑這番殘忍的說辭要傷害的不僅是她，也包括他自己。而當中她唯一記得的，只有這句話：在愛她的男人面前。有了他這樣的告白，對她而言也就足夠了）。他還說，等夏天到了，他要帶她回華錫。所以，一開始是荷內，接下來是他，要對她實施監禁，這對她來說難道會是什麼意外的打擊嗎？她永遠只會見到他們兩人，有時是一起，有時是一個之後換另一個。當史蒂芬先生在家裡宴請賓客時，他從沒請過O一起來，她也不曾在他家用過午餐或晚餐。至於荷內，也從不曾介紹她認識他的朋友，除了史蒂芬先生。想必荷內今後還是會繼續跟她保持距離，因為現在是史蒂芬先生擁有處置她的特權。但是她不該認為自己既然屬於史蒂芬先生，就理所當然受他個人的合法保護。事實正好相反。讓O難過的是，史蒂芬先生對待她的方式跟荷內相同，而且是一模一樣。她戴在左手手指上的鑲金鐵戒指——她還記得他們讓她選了一只很緊的，需要費點力才能套進她的無名指，而且再也取不下來——代表她是個奴隸，而且是屬於眾人共有的奴隸。她從去年秋天到現在，都沒遇過任何認得這枚戒指或表現出有注意到它的華錫成員，純粹只是機運使然而已。史蒂芬先生提到「鐵」這個字時是用複數形。之前當他對她說鐵製品和她很相配時，她以為他在說雙關語，事實上不是。那是一種辨識用語。當時他沒有用到第二種用語——她為誰佩戴鐵戒指？——現在他問了。她會怎麼回答呢？O遲疑一下後說：「為荷內和您。」「不對。」史蒂芬先生說。「是為我佩戴的。荷內願意妳首先屬於我。」O很清楚這一點，為什麼還要試圖掩飾呢？史蒂芬先生說，在不久的將來，在她重回華錫以前，她會接受一個更決定性的印記，它不會解除她作為眾人奴隸的身份，但會表明她是隸屬某個人的奴隸：屬於史蒂芬先生的奴隸。而且她身上的鞭痕，不論是皮鞭或馬鞭留下的，跟這個決定性印記相較之下，都會大為遜色。（可是，這到底是個什麼樣的印記？是用什麼做成的？為什麼說它是決定性的？O覺得自己嚇壞了，卻也被這樣的印記所蠱惑，迫不及待想要知道。她必須立刻知道，但史蒂芬先生顯然不想在這時候解釋。對此，她確實不得不接受、給予確實的准許，因為如果沒有她的同意，任何事都不能強加於她。她可以拒絕這一切。沒有任何力量可以奴役她——除了她的愛情和她的自我奴役。所以，是什麼力量阻止她離開呢？）然而，在這個印記加諸她身上之前，同時也是史蒂芬先生對她開始施行例行鞭打前——即根據荷內和他說定的原則，要讓她身上隨時看得到新鮮的鞭痕——她會有一段緩刑期，至於時間長短，就看她需要多少時間馴服賈克琳。震驚之下，O抬頭看向史蒂芬先生。為什麼？為什麼是賈克琳？如果史蒂芬先生對賈克琳感興趣，這和O又有什麼關係？「原因有二，」史蒂芬先生說。「第一個原因比較不重要，就是我想看到妳親吻、愛撫另一個女人。」O大聲答道：「就算她答應我，願意和我有親密關係，您怎麼能期待她願意在您面前做這件事？」史蒂芬先生說：「這不是大問題。必要的時候，妳背叛她就是了。總之，我對妳的期望遠遠不止於此。我要妳勾引她，主要是為了第二個原因：我希望用妳當餌，把她帶去華錫。」O放下手中的咖啡杯。她的手實在抖得太厲害，把杯底黏糊糊的咖啡和糖的混合物灑了出來。她就像占卜師一樣，從桌布上的棕色污漬看到一幅幅讓她不忍卒睹的影像：賈克琳那雙冰冷的眼睛注視著僕役皮耶；她那閃耀著和胸脯一樣金黃色澤的臀部（這個O至今還無緣得見的部位），在她背後高高捲起的天鵝絨長袍下暴露無遺；她嬌嫩的臉龐上印滿淚痕，塗著口紅的雙唇正在哭喊；她那一頭直髮，前額上有如新割麥稈的厚重瀏海……不，不可能。絕對不可以是賈克琳！「不，這是不可能的！」她說。

「當然可能。」史蒂芬先生反駁道。「妳以為華錫那些女人是怎麼招募來的？只要妳帶她到那裡，其他的事妳都不用管。況且，如果她想離開，隨時可以離開。我們走吧。」他猛然起身，把付帳的錢留在桌上。O跟著他走到車旁，上了車，坐下來。在快到布洛涅森林前，他彎進一條橫街，在窄小的路旁停下車，把她抱入懷中。

III

安瑪麗和鐵環

HISTOIRE D'O

為了給自己找藉口，O相信——或者說她想要這麼相信——賈克琳是很怕羞的人，但她很快就發現事實並非如此。賈克琳之所以給她害羞的印象，是因為她在換衣服時總是關上那間有大鏡子的化妝室的門，但這是為了撩撥O的慾望而設計的動作，想藉此激她推開那扇門走進去。如果它是敞開的，O就不會作出走進去的決定。然而，讓O終於下定決心的其實是她自己以外的權威，而不是因為賈克琳關著門引誘O的策略，但這一點賈克琳是怎麼也不可能知道的。一開始，這一切讓O樂在其中。在為賈克琳整理頭髮的時候，也就是當賈克琳脫掉攝影時的服裝，換上高領毛線衫、戴上一副和她眼睛一樣顏色的青綠色項鍊時，O一想到史蒂芬先生要她當天晚上向他鉅細靡遺報告賈克琳的一舉一動，便覺得亢奮不已。他想要知道，賈克琳是不是允許O透過黑色毛線衫掌握她小巧、八字形的胸脯，是不是闔上眼、讓她比膚色還淺的眼睫毛貼到兩頰上，是不是呻吟了。事實上，當O吻她時，賈克琳的身軀變得沉重起來，動也不動，在O的臂彎中一副非常投入的樣子，嘴唇微張，頭髮向後披瀉。O總是小心地摟著她的肩膀，讓她靠在門邊或靠著桌子，否則她的身子就會滑到地上，閉著雙眼，也不出聲抗議。但是當O一放開她，她會立刻變得冷若冰霜，面露疏離的笑容，還一邊擦嘴一邊說道：「妳把口紅弄到我嘴上了。」就是她疏離的這一面，讓O樂於把所有細節向史蒂芬先生報告，盡力記起一切，像是她的雙頰逐漸泛起的紅暈、汗水散發的那股鼠尾草清香。賈克琳看起來既沒有抗拒她，也沒有什麼防備。當她向O的親吻屈服時——到目前為止，她只允許O吻她，而且只接受、不回吻——總是來得很突然，彷彿她在那短短十秒鐘或短短五分鐘內換了一個人似的。其他時候，她可以說是欲迎還拒，用令人難以置信的機敏閃避O每一次的出擊，從不讓自己的心思被任何動作、言語，甚至眼神出賣，不讓征服者以為自己已經征服她，或以為占有她的嘴唇是件簡單的事。唯一可以指點迷津的徵象，讓人能從她那平靜如水的表情下察覺到洶湧水流的，只有她偶爾不經意流露的笑意，浮現在她的三角形臉龐上，就像貓的笑顏一樣難辨、短暫，一樣令人掛心。然而，O很快就發現有兩件事能夠誘出這種笑容，賈克琳自己卻對此一無所知。第一件事就是當人家送她禮物時，第二件則是當她激起別人慾望時，但條件是這個人要對她有用處，或是能夠討她歡心的。然而，O對她能有什麼用呢？也許她只是把O當成一個例外，享受著O挑起的性感慾望，一方面從O對她的露骨仰慕之情中得到撫慰，另一方面，也許她以為女人的慾望是無害的，不會造成任何後果？儘管如此，O很確定一件事：與其送賈克琳一只珍珠胸針，或一條用日文、北美印第安族易洛魁語等全世界語言印滿「我愛你」字樣的最新款愛馬仕絲巾，還不如給她一萬、兩萬法郎。她似乎總是缺錢用，而且每逢這種時候，賈克琳就會改變主意，不會再說沒時間到O家裡吃飯或喝茶，也不再閃避她的愛撫。不過，O沒有證據證明自己的猜測。當她只稍對已經在責怪她進行得太慢的史蒂芬先生提起這件事，荷內就介入了。荷內來找O時，有五、六次遇到賈克琳也在場，於是三人一起去韋伯酒吧，或到瑪德蓮教堂附近的一家英國酒吧。荷內每每用一種自信、傲慢的眼光，興致勃勃地看著賈克琳，跟他在華錫看著那些受他支配的女孩時一樣。他這種傲慢對賈克琳那身閃亮堅實的盔甲似乎毫無作用，甚至根本沒注意到。矛盾的是，荷內這樣的態度用在O自己身上是天經地義的，拿來對待賈克琳卻讓O覺得是冒犯。她是想保護賈克琳嗎？還是她希望賈克琳只為自己所擁有？她很難回答這個問題，因為她並沒有得到她——現在還沒有。如果有一天她真的得到了賈克琳，不能不說一切都得歸功於荷內。

荷內曾經有三次讓賈克琳喝了太多威士忌——她其實不能喝那麼多，臉頰整個紅通通，眼神渙散——最後是荷內先開車載她回家，再和O一起去史蒂芬先生家。賈克琳住在帕西區一間死氣沉沉的社會住宅裡。那一區住了許多白俄羅斯人，從移民法國以來就在那裡落戶增生，從來沒有離開過。住宅入口的走廊上畫著橡樹的圖案，樓梯欄杆的間隙積滿了灰塵，綠色的地毯陳舊不堪，好幾個地方都磨破了。每一次荷內想進去她家（他從沒進過她家大門），賈克琳就大叫著說不要，或大聲說謝謝你載我回家，然後猛地跳下車、甩上後車門，就像被什麼突如其來的火舌燒著了一樣。O心想，這是真的，確實有一團火焰正緊追著她。賈克琳真的很厲害，在他們什麼都還沒對她說時，就猜到當中似有蹊蹺。至少，她意識到必須對荷內有所防範，對他表現出的疏離態度，賈克琳看似也無動於衷（但是她真的不在乎嗎？照兩人現在都一副漠不在乎的樣子來看，他們之間的遊戲還會繼續下去，因為荷內確實是個跟她旗鼓相當的對手）。有一次，賈克琳讓O進入她家並跟著她回房，O這時才明白為什麼賈克琳堅決不讓荷內進她家。如果有人看到這樣一個光彩耀人的尤物，一個光鮮亮麗流行雜誌創造出的傳奇形象，每天竟是從這樣一個骯髒破敗的洞穴裡鑽出來，不知會對她作何感想？她的床從來都不收拾，只是勉強用被單罩住而已，底下露出髒污的床罩，因為賈克琳在睡前都會用面霜按摩自己的臉，但總在還沒來得及擦掉前就睡著了。廁所和房間之間以前顯然有張簾子來區隔，如今原來掛簾子的橫桿上只剩下兩個扣環和幾片破布。所有東西都褪了色。地毯褪了色，壁紙也褪了色，上頭的粉紅色與灰色花朵蔓生為可怕的植物，向上攀爬在假的白色藤架上。這些全都應該清理掉：撕掉牆上的壁紙，丟掉地毯，地板也要擦乾淨。總之，應該立刻動手處理那些有如沉積地層一樣的日積月累污垢：刮掉洗臉台陶瓷面上的髒污，把上頭那些卸妝品和乳液的瓶瓶罐罐擦乾淨、擺整齊，清理那些粉盒，擦拭化妝台，丟掉髒毛巾，然後打開窗戶。但是這個端正、清新、潔淨、渾身散發著檸檬和野花清香的賈克琳，這個髒污不沾身、完美無瑕的賈克琳，半點都不在乎這個垃圾堆一樣的房間。相反的，她最在乎也最讓她難以忍受的，是她的家人。看了她家的悲慘狀況後，O向荷內據實以告，荷內因此做了一個後來徹底改變她們兩人生活的建議：讓賈克琳搬來跟O一起住。但賈克琳之所以接受它，完全是因為她的家人——說是說她的家人，其實這麼說太輕描淡寫，不如說是一個女人幫。祖母、阿姨、母親，還有一個女僕，四個年紀介於五十到七十歲間的女人，臉上抹著粉，吵吵鬧鬧，全身包裹在瑪瑙飾品和黑色絲質服裝裡，清晨四點就起床，在聖像昏暗的紅光下哭哭啼啼，整天籠罩在香菸的煙霧中。這四個女人沉浸在茶杯的碰撞聲，和一種賈克琳恨不得花半輩子來遺忘的語言那種刺耳的氣音中。她感覺自己快瘋了，必須聽她們指使，聽她們說話，甚至用眼睛看她們。每當賈克琳看到她母親在喝茶前總先拿一塊糖放進嘴裡，她就會放下自己的杯子，逃回她骯髒貧乏的小窩，丟下她祖母、母親、阿姨她們三個人——染了一頭黑髮，眉頭打結，母鹿般的大眼睛瞪得老大——待在她母親同時用來充當客廳的房間裡。在這樣的家裡，女僕最終也變成跟這三個女主人一樣的貨色。她逃離這一切，用力甩上房門，而她們在她身後喊著：「舒拉，舒拉！小鴿子！」有如托爾斯泰小說裡的情景，因為她其實不叫賈克琳。這是她為工作取的名字，是為了遺忘她的真名而取的名字。她的真名，讓她想到這個汙穢而溫情的女人堆；為了在法蘭西的天空下，在這個踏實的世界裡，在這個男人和妳結婚後不會跑掉，不會消失在一場神祕遠征的世界中（就像她從未謀面的父親那樣，一個波羅的海船員，消失在北極圈的冰寒裡），她選擇了賈克琳這個名字。她長得像父親，這一點讓她既生氣又開心；她的頭髮和顴骨都像他，褐色的皮膚和那對鳳眼也像他。她唯一感激她母親的，是給了她這麼一個金髮俊帥的父親，冰雪埋葬了他，就像大地埋葬其他人一樣。但她怪母親這麼快就忘了她父親，與其他人有過短暫的情愛關係，然後在一個晴天裡生下一個黑髮棕膚的小女孩，也就是她同母異父的妹妹，名叫娜塔莉，父不詳，今年才十五歲。娜塔莉只會在放假期間見到她們，從未見過她的父親，但他幫娜塔莉付了巴黎附近一所住宿學校的學費，也定期給賈克琳的母親一筆津貼。她們三個女人外加女僕（甚至包括賈克琳），就靠著這點錢維持著生活一直到今天，日子雖然過得窮，卻閒散得像在天堂裡。賈克琳當模特兒賺的錢，全都花在買化妝品、內衣、名牌鞋子和服飾上（雖然有折扣，但還是很貴），手頭剩的一點錢，也全被她的家人這個錢坑花光，花在只有天知道的地方。賈克琳當然可以找到供養她的男人，而且也有不少這樣的機會。她有過一、兩個情人，與其說是因為她喜歡他們（但也不討厭就是了），不如說是她想證明自己能在男人身上挑動慾望與愛情。這兩人中的第二人是個有錢人，曾經送她一枚淺粉紅色的珍珠戒指。她把它戴在左手手指上，但拒絕與他同居，然後因為他拒絕娶她，她跟他分手了，心裡並不懊悔，只慶幸自己沒有懷孕（她本來一度以為自己懷孕了，那幾天過得心驚膽跳，度日如年）。不，對她來說，和情人同居是件很丟臉的事，也會讓她失去未來的指望，跟她母親和娜塔莉父親的情況沒兩樣，所以她絕不可能這麼做。但是和O一起住，是完全不同的事。賈克琳沉浸在美好的想像中，以為自己不過是和女性朋友同住，一起分擔所有開銷。而O這麼做有兩個目的，一是扮演賈克琳情人的角色，支助心愛的人的生活，同時也扮演賈克琳的監護人，儘管這兩個角色理論上來說是對立的。荷內沒那麼常出現在O的家裡，以免戳破賈克琳的想像。但話說回來，誰敢說賈克琳作這個決定的背後沒有荷內的影子呢？也許荷內的存在才是她接受和O同住的真正動機。接下來，只剩下由O去跟賈克琳的母親報告女兒要搬家的事，而且只有O一個人出面。當她對賈克琳母親說了這件事，後者一再感謝O對女兒的友誼時，O感覺自己有生以來從不曾如此像個叛徒，就像被某犯罪組織派來的間諜一樣。但在內心深處，她又同時否認這項任務，以及自己出現在她母親面前的理由。沒錯，賈克琳是要搬進她家，但O絕對不會遵照史蒂芬先生的命令把她交給他。然而……事情的發展卻大出她的意料。賈克琳一搬進她家，就在荷內的要求下，住進那間「看起來像」荷內偶爾留宿的房間裡（只是「看起來像」，因為荷內向來和O同睡在她的大床上），而O詫異地發現自己想擁有賈克琳的慾望是那麼強烈，甚至為了達到目的，不惜將賈克琳交到史蒂芬先生手中。O開始為自己合理化：不管怎麼說，賈克琳的美貌就足以保護她自己了，況且，這件事又跟我有什麼關係？如果賈克琳必須經歷我經歷過的那一切，又怎麼樣？那有那麼糟嗎？——她雖不願承認，卻仍不由自主地激昂想像著賈克琳全身赤裸、毫無防備地躺在她身邊，就像她一樣，該是多麼甜蜜的事。

賈克琳徵得母親同意、搬進來住的第一個星期，荷內顯得特別殷勤，每隔一天就邀O和賈克琳共進晚餐，帶她們去看電影。奇怪的是，他總是挑警探片，關於販毒或白種女人淪為娼妓的故事。他總是坐在她們倆中間，兩隻手分別輕握著兩人的手，一句話也沒說。但每當銀幕上出現暴力鏡頭，O就會看到荷內在觀察著賈克琳的反應，而他們只能從她微微往下撇的嘴角窺見她的嫌惡。電影散場後，荷內送她們回家。他們把車子頂篷打開，搖下窗戶，車行的速度和習習的夜風將賈克琳濃密的金髮吹到她的臉頰、窄小的額頭上，甚至吹進她的眼睛裡。她甩甩頭，讓頭髮恢復原樣，然後像男孩一樣用手爬梳一下頭髮。等她習慣並接受自己和O同住，以及O是荷內的情人這兩個事實後，似乎就對荷內不拘小節的行為見怪不怪了。當他藉口要進她房間找他忘在裡頭的某份文件時，賈克琳沒有任何異議。O很清楚這只是藉口而已，因為她早就親自清理過那張荷蘭式大寫字桌的每一個抽屜。寫字桌裝飾著豐富的鑲嵌細工，覆着皮革的活動板平常總是敞開的。它和荷內完全不搭調。為什麼他會有這樣一張寫字桌？又是誰給他的？它雅致的外形和淺色木質，在這個陰暗的房間裡襯得更顯豪華。房間的面向朝北，俯瞰著後院，鋼灰色的牆壁和打著厚蠟的冰冷地板，使它和面朝塞納河岸那幾間令人心情舒暢的房間形成對比。這一點也許會讓賈克琳不開心，說不定很快就會願意和O共享那兩間向陽的房間，和O同床共枕，就像她第一天就接受和O共用浴室、廚房和化妝品、香水，並一起用餐一樣。然而在這件事上，O想錯了。賈克琳對於所有屬於她自己的東西都非常愛惜（例如那枚粉紅色的珍珠戒指），對不屬於她的東西則完全不放在心上。倘若她住進一座宮殿裡，她也只會在人家跟她說這座宮殿屬於她並出示地契證明後，她才會對這座皇宮產生興趣。所以，那間灰色的房間是否怡人，賈克琳根本毫不在乎，後來她和O同睡一張床，也不是為了逃避它。事實上，她同意這麼做也不是為了對O表示感謝，因為這對她而言沒什麼需要致謝的。但O一直以為賈克琳是為了對她表達感激之情才接受她，自己一個人陶醉其間並借題發揮。其實賈克琳只是喜歡找開心而已，認為從女人身上得到這種快感既方便又愜意，而且和女人在一起，她可以隨心所欲，不會有危險。

她住進來的第五天——搬進來時，O幫她把行李箱裡的東西一件件拿出來整理好——也就是荷內第三次請她們吃晚餐那天，他在十點鐘左右送她們回家，然後就跟前兩次一樣直接離開。賈克琳洗完澡後，突然全身赤裸、溼漉漉地出現在O的房間門口，問O說：「妳確定他不會再回來了吧？」她甚至沒等O回答，就鑽進O的大床，任由O吻她、愛撫她，閉著雙眼，一次也沒有回報O。剛開始她只是微微呻吟，接著大聲呻吟，愈來愈大聲，最後終於叫喊出聲。她身子大張在床上睡著了，全身沐浴在粉紅色燈台的光線下，膝蓋張開，兩腿貼著床，上半身微側，手心攤開來，雙乳間因汗水而濡亮。O

幫她蓋上被子，熄了燈。兩個小時後，O再一次要了她。賈克琳在黑暗中任由O予取予求，沒有抵抗，只是喃喃說道：「別把我弄太累了，我明天還要早起。」

大約就在這時候，賈克琳除了時有時無的模特兒工作之外，開始投入另一個不只更不規律、甚至更耗神的工作：在電影裡演出一些小角色。外人很難看出賈克琳是否為此感到驕傲，是否把它視為自己名揚天下的第一步。每天早上，她從床上跳起來，看來是不滿多於迫不及待，然後匆匆洗過澡、化好妝，早餐只喝一大杯O勉強來得及為她準備好的黑咖啡。她讓O親吻她的手指頭，臉上帶著機械性的笑容，以及充滿怨懟的眼神，因為裹在白色羊駝毛製睡袍裡的O看來十分嬌柔慵懶，儘管已經整理過頭髮、洗過臉，卻仍一副要回床上繼續睡的模樣。事實並非如此，但O還不敢對賈克琳解釋原因。真相是，每天當賈克琳在孩子們趕上課、小職員趕上班的時刻出門前往位於布洛涅的攝影棚時，過去本來上午都待在家裡的O現在也會趕緊換好衣服。史蒂芬先生說：「我會派司機送賈克琳到布洛涅，然後他再回頭接妳到我家。」於是，每天早上當太陽仍照耀著東邊建築物的樓面，高聳的牆面還隱身在涼爽的陰影中，只有庭園裡樹下的影子正一點一點變短時，O已經在前往史蒂芬先生家的路上。史蒂芬先生位於波提耶路上的家裡，清潔工作還沒完成。混血老女僕諾拉領著O前往那間小臥室，就是她頭一天晚上在史蒂芬先生家裡獨眠、哭泣的地方。老女僕等著O把她的手套、手提包和衣服放到床上，然後當著O的面把它們收進一個只有她持有鑰匙的櫃子裡，再遞給O一雙漆皮的高跟室內拖鞋。當O走路時，這雙鞋會發出喀喀的聲響。老女僕引著O走過一扇又一扇的門，終於來到史蒂芬先生的辦公室門前，把門打開後退到一旁，讓O走入。O一直無法適應這套準備動作，以及在這個耐心的老女僕面前脫得一絲不掛。老女僕不跟她講話，也幾乎不看她，讓O覺得就像在華錫僕役的目光下脫光自己一樣可怕。老女僕穿著毛氈拖鞋，像個修女一樣，走起路來有如滑行一般無聲無息。O跟在她身後的時候，目光離不開她頭上那條馬德拉斯格紋棉布頭巾，而每次她打開一扇門，O總注視著她握在瓷製門把上那隻瘦黑、看來硬得像木頭一樣的手。然而，跟這個老女僕帶給她的恐懼截然相反的是，O同時也為自己感到驕傲，儘管她不知該如何解釋這樣的矛盾。她覺得老女僕是個見證者，可以證明O也值得為史蒂芬先生所用，就像其他許多人那樣，那些由老女僕以同樣方式——為什麼她不可以這麼想？——帶到史蒂芬先生面前的人。（只是，這老女僕到底和史蒂芬先生是什麼關係？他為什麼會把這個準備任務交給她？她看起來非常不適合做這件事。）也許史蒂芬先生是愛她的——毫無疑問，他一定是愛她的，而且O有一種感覺，那就是：距離他不再讓她對這一點存疑，並向她公然示愛的時候已經不遠了，而且他對她的愛與慾望正在與日俱增，因為他對她的態度正變得更徹底、更執著、更蓄意苛求。整個上午她就這樣待在他身邊，有時他幾乎不碰她，只想要她來撫愛他。他所求於她的事，她抱著一種只能以感激名之的心情來回應，而且，當他以命令的方式來要求她時，這種心情甚至變得更強烈。每一次的獻身，對她而言都是在為下一場獻身提出質押，而她也有如履行責任般一次又一次清償了。能夠對這樣的處境感到心滿意足，真是一件奇特的事，但她的感覺確實是如此。史蒂芬先生的辦公室——樓上是那間黃色與淺灰色調的客廳，他喜歡待在這裡消磨晚上的時間——設在一間面積較小、天花板較低的房間，裡頭既沒有長椅也沒有沙發，只有兩張搭配花紋織錦軟墊的英國攝政時期扶手椅。O有時會坐在椅子上，但史蒂芬先生更喜歡她待在他伸手可及的地方。當他忙著其他事的時候，她就坐在辦公桌上他的左手邊。辦公桌跟牆面成直角，讓O可以把身子靠在擺放好幾本字典、精裝年鑑的書架上。電話就在她大腿左側的位置，每次它響起，她都會被嚇一跳。接電話的人是她，問對方：「請問是哪位？」然後大聲把名字報出來，然後或是把話筒交給史蒂芬先生，或是推說他不在，就看史蒂芬先生怎麼表示。有人來訪時，諾拉會來通報，史蒂芬先生會讓對方等一會兒，讓諾拉領著O回到她稍早脫衣服的房間，等訪客走了後，史蒂芬先生再按鈴通知，諾拉於是又領著O回辦公室。每天上午，諾拉都會進出辦公室許多次，來幫史蒂芬先生送咖啡、郵件，或是來拉上、放下百葉窗和清理煙灰缸。這裡只有她有權進出，也擁有不必敲門的特權，而且當她有話要說時，總會先等史蒂芬先生發言，然後她才開口。基於上述種種因素，有一次諾拉進來時，正好看到O趴在辦公桌上，臀部高高翹起，頭和胳臂抵在辦公桌的皮革桌面上，等著史蒂芬先生占有她。O抬起頭。如果諾拉沒有看著她（像一直以來那樣），O也不會有任何動作。但這一次，她很顯然是刻意想和O四目相對，用那雙明亮又嚴峻的黑色眼睛直直盯著O。

O看不出那眼神是不是漠然，但她這雙襯在毫無表情、有著深刻皺紋面孔上的眼睛讓O如此的不安，於是開始扭動身子，想擺脫史蒂芬先生。他明白她的意圖，卻反而用一隻手用力將她的腰部壓向桌子，阻止她溜開，用另一隻手分開她的雙腿。平常總是盡全力配合的她，這次不由自主緊繃、收縮起來，史蒂芬先生不得不強行進入她。而即使他進到了她裡面，她仍感覺自己肛門的圈環緊緊箍著他，讓他無法完全進入。他一直等到確定自己能輕易在她體內抽送後，才從她體內撤出，然後在準備再次占有她時，出聲要諾拉在旁邊等著，並吩咐等他完事後，帶O去穿衣服。最後，在送O離開之前，史蒂芬先生溫柔地吻著她的雙唇。正是這個吻，讓O有勇氣在幾天後告訴他：諾拉讓她害怕。他回答：「那正是我希望的。再過不了多久，如果妳同意的話，等妳身上有我的印記和我的鐵環後，妳就更有理由怕她了。」O問：「為什麼？什麼印記？什麼鐵環？我已經戴著這枚鐵戒指了……」「那要看安瑪麗的安排，我已經答應她要帶妳去給她看。吃過午飯後，我們就去她家，好嗎？她是我的一個朋友。妳也知道，我到現在都還沒介紹朋友給妳認識。等安瑪麗對妳做好處置後，我再告訴妳，妳真正要害怕諾拉的理由。」O不敢追問下去。這個他們用來嚇唬O的安瑪麗比諾拉更讓O好奇。那次在聖克魯吃午飯時，史蒂芬先生就已經跟她提過安瑪麗。而且，O確實還不認識史蒂芬先生的任何朋友或熟人。總之，她住在巴黎，被監禁在她的祕密中，就像被監禁在妓院裡一樣；知道她祕密的只有兩個人：荷內和史蒂芬先生，兩人也同時有權利使用她的身體。她想到「向某人敞開自己」這句話，意思是把自己奉獻出來。它對她來說只有一個意義，如同字面上所示，而且是絕對性的意義，那就是：獻出自己身體所有可以開放的部位。在她看來，這也是她存在的意義。史蒂芬先生就是這樣看待她，荷內也是，因為每當史蒂芬先生談起他的朋友，就像那次他在聖克魯的餐廳裡談起時那樣，總是說那些他將為她引見的人，如果他們渴望她的話，自然可以依照他們自己的意願隨意處置她。但是，當O試著想像安瑪麗是什麼樣的人、史蒂芬先生究竟希望她為O做些什麼時，只是陷入一片茫然，就連在華鍚的經驗也無法幫上她什麼。史蒂芬先生跟她說過，他想看她愛撫女人，難道是指這個？（但他那時很明確地指出要她愛撫的是賈克琳……）不，不會是這個。他剛才說「帶妳去給她看」。只是，在見過安瑪麗、從她那裡離開後，O仍然沒有更了解這一切是為了什麼。

安瑪麗住在天文台附近一棟簇新公寓的頂樓，俯瞰著城市綠樹，緊鄰一間看似大畫室般的建築。安瑪麗是個纖瘦的女人，年紀和史蒂芬先生相仿，黑髮中夾雜著一絲絲灰縷，藍色的眼睛深得讓人以為是黑色的。她招待他們兩人喝又濃又黑的黑咖啡。咖啡盛在小杯子裡，喝起來又燙又苦，卻讓O的心情定了下來。當她喝完咖啡，起身要把杯子放到小桌上時，安瑪麗突然抓住她的手腕，轉身問史蒂芬先生：「可以嗎？」史蒂芬先生回答：「請便。」在此之前，安瑪麗對史蒂芬先生的介紹沒有任何表示，甚至也沒對O打招呼，更沒有對她微笑或說半句話，卻在這時候溫柔地對O說：「來，孩子，讓我看看妳的下身和臀部，不過要請妳把衣服脫下來，這樣會好些。」她說這話時，臉上堆滿了笑意，彷彿在送她禮物一樣。當O聽命脫衣時，她點了一根菸。史蒂芬先生一直看著O。他們倆讓O站在那裡，大約有五分鐘之久。房裡沒有鏡子，但O從一座黑色的生漆屏風上看到自己模糊的身影。安瑪麗突然說：「也脫掉妳的長絲襪。」接著又說：「看吧，妳不該穿鬆緊襪帶的絲襪，它會讓妳的大腿變形。」她指給O看她的膝蓋上方。因為O總把寬大、有彈性的長絲襪捲到那裡，導致它造成大腿上輕微的凹陷。「誰讓妳這麼捲的？」O還來不及回答，史蒂芬先生已經接話：「就是把她交給我的那個男孩，妳也認識，荷內。」他又接著說：「但我很確定他一定會同意妳所說的。」安瑪麗說：「那好。我要給妳一些深色長絲襪，O，還有一件能固定襪子的馬甲，就是那種鯨骨馬甲，跟妳的腰身完全貼合。」安瑪麗按了鈴，召來一位金髮的年輕女孩，她不發一語送來黑色絲襪，以及一件黑色尼龍塔夫綢製馬甲，用大片的鯨骨支撐著，壓迫腹部和臀部以上部位，呈現內彎的曲線。O仍然站著，輪流往兩腳套上絲襪，一直套到大腿上部。金髮女孩幫她穿上馬甲。它在其中一邊的後側有排扣子可以扣上或解開。跟在華錫穿的馬甲一樣，這一件的繫帶也在背後，可以隨意束緊或放鬆。O共用了四條吊襪帶從前頭與兩側固定好絲襪，然後由那個女孩使盡全力綁緊背後的繫帶。O感覺腰部和腹部被撐架箍到向內凹，它的前頭幾乎長及恥骨，後頭的臀部也一樣；馬甲的後面則較短，讓她的臀部暴露無遺。安瑪麗對史蒂芬先生說：「等她的腰再細上更多，她的體態就會好看多了。還有，如果您等不及她脫掉這身馬甲，它一點也不礙事。O，過來我這裡。」金髮女孩離開了。安瑪麗坐在一把鋪著鮮紅色天鵝絨坐墊的低矮安樂椅上。O走近她，她輕輕用手撫摸O的屁股，然後把她推倒在一張同樣鋪著紅色天鵝絨的墊腳凳上，一邊命令她不要動，一邊抓住她下體的唇瓣。O心想，人們在市場就是這樣抓住魚鰓把魚提起來，在市集裡也是這樣撬開馬的嘴巴。她還記得在華錫的時候，僕役皮耶第一天晚上把她拴上鎖鍊後，也做過同樣的動作。總而言之，她不再是自己的主宰，或者也可以說，她身體上最不受自己控制的部位，毫無疑問就是她身體外部可以被獨立出來好好利用的另一半。每次當她意識到這一點，為什麼都會覺得——用「受驚」來形容不是正確的字眼——自己再一次被說服了，同時也總會感覺心裡充滿一種令她不可動彈的強烈煩悶感，一種不願把自己完全交到對方手中的感覺（至少，不願像把自己獻給所愛之人——那個將她交到別人手上的人——那樣徹底獻身）。在華錫時，由於別人對她的占有，讓她感覺自己離荷內更近了。可是在這裡，這種事能讓她離誰更近呢？荷內，還是史蒂芬先生？她再也不知道了，但這是因為她不想要知道，其實事情再清楚不過：她已經屬於史蒂芬先生所有……

只是，這是從什麼時候開始的呢？……安瑪麗讓她起身並穿上衣服，對史蒂芬先生說：「您想什麼時候把她帶來給我都可以。我兩天後會在薩諾（薩諾……O一直以為會是在華錫，結果不是。如果不是在華錫的話，這又是怎麼一回事？），一切會很順利的。」（什麼事會很順利？）史蒂芬先生回答她：「十天之後好嗎？七月初。」

史蒂芬先生留在安瑪麗那裡。在回程的車上，O想起她小時候在盧森堡公園裡看過一座女性的雕像：她的腰部也一樣被緊束著，腰身在她豐滿的乳房和臀部之間顯得格外纖細——她俯瞰著自己腳邊的清澈泉水，在也是大理石製的噴水池流動的水中注視著自己的倒影——讓O很擔心那大理石雕成的細腰會突然折斷。但如果這是史蒂芬先生所希望的……賈克琳那裡很簡單，她可以告訴她這身馬甲來自荷內的突發奇想就好。想到這裡，又勾起一件近日來讓O掛心、每次想到它卻又拚命逃避的事，同時也驚訝自己並未為此感覺痛苦難忍：自從賈克琳搬來和她同住後，荷內並沒有盡量讓她和賈克琳獨處——這一點她是可以理解，但為什麼他也盡量避免和O單獨在一起？七月快到了，他就要離開巴黎，當史蒂芬先生送她去安瑪麗那裡時也不會去看她。也許她不得不接受一項事實，那就是：只有在他想邀請賈克琳和她共進晚餐的夜晚，她才能見到他——她不知道這兩種可能性的哪一種更讓她為難（因為他們倆之間的關係受到太多限制，於是產生嚴重的扭曲）——還是，當她早上在史蒂芬先生那裡時，她才能偶爾看到他在諾拉的引領和通報下走進辦公室。史蒂芬先生總是會接見荷內，荷內也總是照例吻一下O、碰一下她的乳頭，然後和史蒂芬先生商量起隔天的計畫——這些計畫都和O沒有關係——然後他就離開了。他是不是因為已經完全把她交給史蒂芬先生，所以不愛她了？這個想法讓O心慌意亂，以致於她不知不覺地在自己家門口下了車，忘了請司機等她，待車開走後才想起，連忙又要招計程車。貝頓拿河堤邊一向很少計程車，O必須一直跑到聖傑曼大道上，而且到那裡還得等。她跑得氣喘吁吁，渾身是汗，因為那件馬甲讓她呼吸困難。後來終於有輛計程車在勒穆瓦納紅衣主教街路口放慢速度，她攔下車，一上車就把荷內辦公室的地址給司機。她既不知道荷內在不在辦公室，也不知道他願不願意見她。這是她第一次去他的辦公室找他。當O看到那棟位於香舍麗榭大道旁一條側街上的顯赫大樓時，她一點也不驚訝，那間美國式大辦公室也是她意料中的樣子，但荷內的態度讓她不禁心慌，雖然他立刻接見她，沒有給她臉色看，也沒有責備她。事實上，她還寧可因為突然造訪而受到責備，因為他從不曾許可她到辦公室來打擾他，而且她的到來很可能對他造成很大干擾。結果他只是請祕書離開一下，交代說這段時間他誰也不見，也請她暫時別把電話接進來，然後問O出了什麼事。「我擔心你不再愛我了。」他大笑說：「這麼突然？擔心這種事？」「對，在從……回來的車上想到的。」「從哪裡回來？」O沉默下來。荷內又笑了：「我知道妳去那裡了，傻瓜。妳剛從安瑪麗那裡回來，而且十天後就要去薩諾。史蒂芬先生剛跟我通過電話。」荷內坐在辦公桌前的椅子上，那是這間辦公室裡唯一一張舒適的椅子，O將自己埋在他的懷中。O說：「他們想對我做什麼都可以，我不在乎，但是告訴我你還愛我。」荷內說：「我當然愛妳，親愛的。但是我要妳服從我，這一點恐怕妳做得還不夠好。妳有沒有告訴賈克琳妳是屬於史蒂芬先生的？妳跟她談到華錫了嗎？」O承認她沒有。賈克琳只是接受了她的愛撫，但是等她知道O……荷內沒讓她把話說完，將她抱起來，放到他剛剛坐的椅子上，用手撩起她的裙子。「啊，妳已經穿上馬甲了。他們說得沒錯，如果妳的腰再更細，妳會更迷人。」說完這話，他要了她。

O覺得他已經很有沒做這件事了，潛意識裡不由得懷疑他是不是對她還有慾望，但從他此刻的行為中，她不無天真地看到了愛的證明。完事後，他說：「妳知道，妳不和賈克琳講清楚是很愚蠢的事，我們絕對需要她到華錫去，由妳帶她去是最簡單的方法。況且，等妳從安瑪麗那裡回來後，妳也沒辦法隱瞞妳的真實情況了。」O想知道為什麼。荷內接著說：「妳會知道的。妳還有五天時間，而且只有五天，因為史蒂芬先生打算在送妳去安瑪麗那裡的前五天恢復每天的例行鞭打了，妳會沒辦法再隱藏那些鞭痕。妳說妳要怎麼對賈克琳解釋？」O沒有回答。荷內不知道賈克琳是完全自我中心的人。她和O的關係，純粹只是因為O對她表現出熱情，她事實上從來沒有好好看過O。如果O要掩飾身上的鞭痕，只要避免在賈克琳面前洗澡，然後套上一件睡袍就可以了。賈克琳絕不會注意到任何事。她從沒注意到O不穿內褲，也不會注意到其他事。O其實不能勾起她的興趣。荷內繼續說：「聽好，有件事我要妳轉告她，而且要馬上跟她說，我愛上她了。」O問：「這是真的嗎？」荷內說：「我想擁有她。還有，既然妳不能，又或者是不願意，處理華錫這件事，我就只能自己出馬了。」O說：「你永遠沒辦法讓她同意去華錫的。」荷內說：「是嗎？如果是這樣，我們會強迫她去。」

這天晚上，賈克琳已經上床就寢，O拉開她的被子，在燈光下凝視著她，告訴她：「荷內愛上妳了。」她傳達了這個訊息，一點也沒拖延。才不過一個月前，O只要想像這個脆弱又纖細的身軀上印滿鞭痕、窄小的下體被人進駐、純潔的嘴唇發出哭喊、淚水在她臉頰上流淌，內心就感到萬分恐怖；但是現在不同了。O心裡不斷重複著荷內的最後一句話，而且滿心歡喜。

賈克琳出去拍電影，八月初才會回來，如果到時電影拍完了的話。O沒有什麼事一定得留在巴黎。七月就要到了，巴黎所有的花園裡都盛開著深紅色天竺葵。正午時分，城裡的百葉窗都關上了。荷內抱怨他不得不去一趟蘇格蘭。有那麼一會兒，O希望他也能帶她去。但撇開他從沒帶她去拜訪他的家人不談，她深知只要史蒂芬先生表示他要她，荷內會馬上把她讓給他。史蒂芬先生宣布，他會在荷內飛倫敦那一天來接她。那時她正在休假。他說：「我們要去安瑪麗那裡了。她正在等妳。不用收拾行李，在那裡妳什麼都不需要。」他們這次不是去O第一次見安瑪麗的那一棟位於天文台附近的公寓，而是在楓丹白露森林邊緣一棟低矮的兩層樓房，坐落在一個大花園的盡頭。從見過她的那天起，O就一直穿著那件安瑪麗覺得有必要的鯨骨馬甲，每天都把它束得更緊一些。到目前為止，她的腰已經細到光是用兩手十根手指就能掌握的地步，安瑪麗一定會滿意的。他們在下午兩點鐘抵達，整棟房子都還在沉睡中。他們按了鈴，狗兒有氣無力叫了幾聲。那是一隻毛茸茸的大型牧羊犬。牠鑽到O的裙子下，嗅著她的膝蓋。安瑪麗沒有起身迎接他們，只是繼續坐在一株紅銅色山毛櫸樹下。那棵樹在花園一角的草地邊緣，正對著她的臥房窗口。史蒂芬先生說：「O來了，妳知道該對她做什麼。她什麼時候可以準備好？」安瑪麗看著O，說道：「您的意思是您還沒告訴她？那麼，我立刻就開始。這絕對需要十天的時間。我想您是要鐵環和您姓名縮寫的圖案吧？那就請您十五天後再回來。再十五天就可以大功告成。」O開口想問，安瑪麗說：「等一下，O，到前面的房間去，脫掉妳身上的衣服，只穿著涼鞋就好，然後回來這裡。」那是一間掛著深紫色印花窗簾的白色大房間，裡頭沒有人。O放下她的手提包和手套，脫掉衣服，將這些衣物放在衣櫃附近的一把小椅子上。房裡沒有鏡子。她徐徐步出房間，耀眼的陽光讓她頗覺刺眼，走到山毛櫸的樹蔭下後才感覺好些。史蒂芬先生仍然站在安瑪麗身前，狗待在他的腳邊。安瑪麗黑中帶灰的頭髮燦然發亮，宛如上了油一般，那對藍眼睛深得近乎黑色。她穿著一身白，腰間繫著一條漆皮皮帶，腳上穿著一雙漆皮涼鞋，露出搽著鮮紅色蔻丹的腳趾頭。她的手指也塗著相同顏色的蔻丹。她對O說：「O，跪到史蒂芬先生面前。」O跪了下來，雙手交叉在背後，兩邊乳頭微微顫動。那隻狗一副要撲到她身上的樣子。安瑪麗對狗說：「過來這裡，圖克。」然後又對O說：「O，妳同意在自己身上戴著鐵環和史蒂芬先生姓名縮寫圖案的印記，即使妳不知道是用什麼方式嗎？」O說：「我同意。」「那麼我先送史蒂芬先生上車。妳在這裡等一下。」安瑪麗從她的長椅上起身時，史蒂芬先生彎下腰，伸手攫住O的乳房。他吻了吻她的嘴，喃喃說：「妳是我的嗎，O，妳真的是我的嗎？」然後轉身跟著安瑪麗走開。大門嘎嘎作響，安瑪麗又回來了。O仍然跪坐在自己的腳跟上，兩手放在膝蓋上，像尊埃及雕像一樣。

這棟屋裡還有另外三個女孩，每個女孩在二樓都有一個房間。O被安置在一樓的一個小房間，緊鄰安瑪麗的房間。安瑪麗把所有女孩都叫下樓，到花園集合。三個女孩和O一樣都裸著身體。這座小小的閨院掩蔽在嚴密的高牆中，幾扇俯瞰高牆之外的窗板全都關得緊實，牆外是一條布滿塵土的狹窄小路。這裡只有安瑪麗和另外三名女僕穿著衣服。三人中有一位是廚娘，全都看來都比安瑪麗年長，身上穿著黑色羊駝毛長裙，圍著漿得很硬的圍裙，神情冷峻。安瑪麗又坐下來，對大家說：「她的名字叫做O，把她帶到我面前，我要好好看看她。」兩個女孩幫O站起身。她們倆都有棕色皮膚，頭髮和下體的毛髮一樣黑，乳頭很長，顏色深得近乎紫色。另一個女孩個子較小，體型圓潤，有著一頭紅棕色頭髮，雪白的胸脯上密布著一道道可怕的青色血管。兩個女孩把O推到安瑪麗身邊。安瑪麗指著O大腿前側那三條黑色鞭痕——臀部上也同樣有三道——問道：「誰鞭打妳的？史蒂芬先生嗎？」O回答：「是的。」「用什麼打的？什麼時候？」「三天前，用馬鞭。」「從明天起，在這一個月內的時間裡，妳不會受到鞭打。但今天是你到這裡的日子，所以等我檢查完妳後，妳會受到鞭打。史蒂芬先生從來沒有讓妳張開雙腳、鞭打大腿內側？沒有？男人果然都不懂鞭打。好，我們等一下就會看到了。讓我看看妳的腰。啊，比原來好多了！」安瑪麗緊緊按住O的腰，讓它看來顯得更細一點，然後要紅棕色頭髮的女孩去拿一件馬甲，並且幫O穿上。它的質地也是黑色尼龍，鯨骨架特別硬挺、特別窄，看上去簡直像一條寬皮帶，上頭也沒有連著吊襪帶。另一個棕色皮膚的女孩負責幫O綁緊帶，安瑪麗出聲要她使出全力綁緊。O說：「這樣太難受了。」安瑪麗說：「就是要這樣才行，讓妳變得更美麗。之前妳繫得還不夠緊。從今天起，妳要每天穿著這件馬甲。現在，告訴我史蒂芬先生喜歡怎樣占有妳，我必須知道這一點。」她伸手一把抓住O的下體，O無法回答。兩個女孩坐在地上，第三個女孩——棕色皮膚那一位——坐在安瑪麗的長椅腳邊。安瑪麗說：「妳們幾個，幫她轉過身，我要看看她的後邊。」O轉過身並彎下腰，兩個女孩用手掰開她的雙腿。安瑪麗又說：「當然，妳不需要回答我。印記要做在妳的臀部上。站起來。我們要給妳戴上手環、腳環。科蕾特妳去拿籤筒來，我們要抽籤決定誰來鞭打妳。科蕾特妳也把號碼牌一起拿來，然後我們到音樂室去。」科蕾特是那兩個黑髮女孩中長得較高大的一位，另一個叫做克萊兒，那個紅棕色頭髮的嬌小女孩叫做葉鳳。O這時才注意到，這幾個女孩脖子上全都戴著皮項圈，手腕上戴著手環，就像華錫的女孩一樣。除此之外，她們的腳踝上還戴著和手環同樣式的腳環。葉鳳挑了適合O的手環、腳環，並幫她戴上。安瑪麗交給O四個號碼牌，要她別看號碼牌上的數字，分別發給她自己和那三個女孩。O把號碼牌發給她們。三個女孩看著自己手中的號碼牌，什麼話也沒說，等著安瑪麗開口。安瑪麗說：「我是一號，誰有一號？」科蕾特拿到了一號。「好，把O帶去吧，她是妳的了。」科蕾特抓住O的手臂，將她的兩手放到背後，然後將兩邊手環扣在一起，推著她往前走。當她們來到一扇落地窗門前——它通向一間與主屋成直角的側廳——走在她們前頭的葉鳳脫掉了O的鞋子。從落地窗門透進來的光線，照亮了盡頭一個略微挑高的圓形空間。它的天花板成淺弧形，有兩根相距兩公尺的細柱支撐著，柱子中間是一個約有四層階梯高的台子，前緣向外微微拱出，和音樂室的其他地方一樣鋪著紅色毛氈地毯。這裡的牆面是白色的，窗前掛著紅色簾幕，排成半圓形的長沙發上鋪著和地毯同材質的紅色軟墊。房間的另一端呈長方形，有個很寬但不算太深的大壁爐，正對著一台結合唱機和收音機的大型裝置，兩側是唱片架。這是這裡被稱為音樂室的原因。壁爐旁有一扇門和安瑪麗的房間直接相通，壁爐另一側有扇一模一樣的門，打開後是一個壁櫥。除了唱機和那幾張沙發，音樂室裡再沒有其他家具。科蕾特讓O坐在台緣上，另外兩個女孩稍微放下百葉窗，然後關上落地窗門。O這時才發現落地窗門是一道雙重門。安瑪麗笑著說：「這樣就不會有人會聽見妳的叫喊了。這裡的牆都鋪了消音的軟木，沒人會聽到這裡發生的任何事。現在，躺下吧。」她抓住O的肩膀，讓她躺下，然後稍微將她拉向前。葉鳳把她的手拴到台上的一個鐵環中，O雙手抓著台子的邊緣，臀部因此懸空。安瑪麗讓O朝胸前抬起膝蓋。然後，她感覺蜷起的雙腿驀地被拉直，兩條穿過她的腳環、固定在兩邊柱子上的皮帶使她雙腿大張，略高於她的頭部。她就這樣躺在兩根柱子中間的台子上。從台下看去，只看得見她下體的那道縫隙，以及被強力掰開的臀部。安瑪麗輕輕撫著她的大腿內側，說道：「這是全身皮膚最柔軟的地方，小心別毀了這裡。開始時先別太使勁，科蕾特。」科蕾特居高臨下站在O的腰際上方，一隻腳在一側。在這座由她棕色雙腿構成的橋上，O可以看到她手中那根鞭子的流蘇。一開始，鞭子打在她的下體，O感覺自己像被燒到一樣，痛得呻吟起來。科蕾特從右側轉向左側，停頓一下，再次抽起鞭子。O拚命掙扎，感覺拴著她兩腳的兩條皮帶像要把她肢解了一樣。她不想哀求，不想求她們開恩，但安瑪麗正是要她開口求情。她對科蕾特說：「再快一點，科蕾特，再狠一點。」O拚命忍著，但是沒有用。一分鐘後，她忍不住哭叫起來。安瑪麗撫著她的臉，說：「再忍耐一會兒。一會兒就結束了。再五分鐘就好。妳可以好好再叫個五分鐘。已經過二十五分鐘了。科蕾特妳到三十分鐘就停手，時間到我會告訴妳。」但O大聲哀嚎道，不，可憐可憐她，她已經受不了了，不，這樣的酷刑她再多一秒鐘都受不了。結果她還是忍耐到了最後。當科蕾特走下台子後，安瑪麗微笑對O說：「感謝我吧。」O向她道了謝。她心裡非常清楚為什麼安瑪麗喜歡鞭打她。女人其實和男人一樣殘忍，甚至比男人更無情，O從不曾懷疑過這件事。但O認為，與其說安瑪麗想藉此在O面前建立自己的權威，不如說是想和O建立一種默契。O從未真正理解，卻最終仍接受了這個矛盾又不肯放她甘休的糾結感受，那就是：她喜歡刑罰，而且視它為一個不可否認且重要的事實。在受刑罰時，她總恨不得逃開，但刑罰一結束，她又為自己撐過折磨而覺得快樂，而且刑罰愈殘酷、愈長久，她得到的快樂就愈強烈。安瑪麗沒有看錯，O一定會默許她施以刑罰，而且一定會反抗，但她也知道O的哀求憐憫是真心誠意的。安瑪麗會這樣做還有第三個理由，也親自向O說明了：她決心向每一個來到她這裡的女孩，或那些注定生活在女性圈子裡的女孩，證明一個女人的女性特質不該因為周遭只有女人就降低或減弱，而是相反的，應該被強調和強化。正因為如此，她要在這裡的女孩時時保持裸體；而O被鞭打的方式，以及被捆綁的姿勢，也不外是為了達到這個目標。今天，O必須整個下午（接下來的三個小時）在台上展示自己，這樣雙腿微微抬高大張著，正對著花園。O不停希望自己能把雙腿合攏起來。明天將會輪到克萊兒、科蕾特或葉鳳，而O在一旁觀看。這種技術比起華錫的做法更加從容而注重細節（包括使用鞭子的方式），但O會看到它是多麼有效。等她離開這裡時，除了有鐵環和史蒂芬先生縮寫字母的印記之外，她還會以更開放的姿態回到史蒂芬先生身邊，更深陷入奴隸狀態，比她所以為可能的還要更深。

第二天早上吃過早餐後，安瑪麗要O和葉鳳跟她到她的房間一趟。她從寫字桌裡拿出一個綠色皮革製的盒子，放到床上並打開它。O和葉鳳坐在她的腳邊。安瑪麗問O：「葉鳳沒跟妳說過這個吧？」O搖搖頭。葉鳳有什麼好告訴她的？安瑪麗又說：「我知道史蒂芬先生也沒有。無所謂。總之，這就是他希望妳戴上的鐵環。」那是深色的不鏽鋼鐵環，一如那枚鑲金鐵戒指。鐵環呈橢圓形，就像那種一般常見串成鏈條的鐵環，圓環厚度與粗大色鉛筆的直徑相仿。安瑪麗拿給O看，每個鐵環都由兩個U字形的半圓組成，兩半剛好可以套成一個橢圓。安瑪麗說：「這只是試戴品，戴上以後還可以拆下。真正的成品是裡面有個彈簧，只要輕輕一按，鐵環的兩半就扣在一起，而且一旦扣起來，就無法打開了，只能用銼刀撬開。」每個鐵環都有兩個小指頭指節那麼長，口徑大小可以伸進一根小指頭。每一個鐵環——既可以串上另一種鍊環，或是當成耳環基座那樣的東西，掛上另一個看來和耳垂平行的圈環，有延伸的視覺效果——都懸吊著一小塊圓形金屬片，直徑和鐵環的長度相仿。金屬片的一面是鑲金的徽紋，另一面什麼也沒有。安瑪麗說：「空白的這一面會印上妳的名字、頭銜，還有史蒂芬先生的姓名，下面還有鞭子和馬鞭交叉的設計標記。葉鳳的項圈上也有一塊這樣的金屬片，但妳的要戴在下體。」「可是……」O開口，安瑪麗沒讓她往下說便說道：「我知道，這就是我叫葉鳳一起來的原因。讓我們看看妳的下面，葉鳳。」紅棕色頭髮的女孩站起身，躺到床上。安瑪麗打開她的大腿，讓O看她下體其中一片唇瓣中間接近底部的地方被打了一個洞，看來正好適合鐵環穿過。安瑪麗說：「O，我等一下就幫妳打洞。這其實一點也不難，最費時的是在洞裡放進一個小夾子，讓外層的皮膚和下層的黏膜密合。這比鞭打好忍受多了。」「妳的意思是不打麻醉嗎？」O驚呼，渾身發抖。「我們不來這一套。」安瑪麗回答。「只要把妳綁得比昨天更緊一點就夠了。來吧。」

八天後，安瑪麗取下O身上的小夾子，幫她戴上鐵環的試戴品。因為它是空心的，所以比看起來輕，但仍感覺得到它的重量。堅硬的金屬穿刺入身體裡，讓它看起來就像個刑具一樣。等到加上第二個鐵環、重量更重以後，又會是什麼樣？這個野蠻的刑具會更顯眼，讓人一目了然。O對安瑪麗提到這一點。安瑪麗說：「這是當然的。妳到現在還不明白史蒂芬先生要的是什麼嗎？不論在華錫或其他地方，不管是史蒂芬先生或是任何其他人，甚至當妳自己站在鏡子前也一樣，任何人只要撩起妳的裙子，就會立刻看到他的鐵環掛在妳的下體，只要讓妳轉過身，就可以看到他的姓名縮寫印在妳的臀部上。將來有一天，妳也許會把鐵環撬掉，但妳臀部上的印記是永遠無法去掉的。」科蕾特說：

「我以為刺青的圖案是可以去掉的。」葉鳳身上有刺青。在她下體三角部位上方的雪白肌膚上，葉鳳主人的姓名縮寫圖案以藍色的花體字母就紋在那裡，宛如刺繡的字母一樣。「O不是用刺青。」安瑪麗回答，O看著她。科蕾特和葉鳳驚愕，沉默下來。安瑪麗躊躇著該怎麼說。O說：「妳就直說吧。」安瑪麗說：「可憐的孩子，我簡直沒有勇氣告訴妳——妳會被打上烙印。史蒂芬先生兩天前派人送來了烙印用的鐵模。」「烙印？」葉鳳驚呼。「用燒紅的烙鐵。」

從第一天起，O就和大家在這屋子裡一起生活。日子很閒散，徹底又蓄意，點綴著一些無聊的消遣。女孩可以自由自在地在花園中散步、讀書、畫畫、打牌，或是玩單人紙牌。她們可以在自己房裡睡覺，或在草地上做日光浴；有時一群人一起聊天，有時兩人單獨聊，一聊就好幾個小時；有時就默默無語地坐在安瑪麗的腳邊。她們每天在同一時間進餐，晚餐時桌上會點著蠟燭，在花園裡有茶水伺候。兩個僕人服侍著這些圍坐宴會桌旁的裸體女孩，卻一副司空見慣的樣子，不免令人感覺荒誕不經。到了夜裡，安瑪麗會指定一個女孩和她同寢，有時會讓同一個女孩一連陪她好幾天。她愛撫被她挑中的女孩，也讓對方愛撫她。她總是在黎明將至才睡，並且很快入睡。在睡著之前，她會吩咐和她同寢的女孩回自己房間，當她房裡半掩的紫色窗簾染上黎明的紫紅時。葉鳳曾說，安瑪麗在追求歡愉時，是那麼美麗、高傲，就如同她的不知饜足。沒有一個女孩見過她全身赤裸，她總是稍微拉開或撩起她的白色尼龍睡衣，但從不脫下。而不論她前一晚嘗到多少快樂，也無論她選了誰當伴侶，從來都不會影響她第二天下午的決定：它永遠是用抽籤決定。下午三點鐘，在那棵紅銅色山毛櫸下，花園裡的椅子圍著白色的大理石桌排成一圈。安瑪麗拿出籤筒，讓每個女孩各抽一支籤，不論誰抽到最小的數字，就會被帶到音樂室，像O來的第一天那樣被縛在台上，然後她必須伸手一指安瑪麗的左手或右手——其中一手中握著白球，另一手握著黑球。如果點到的是黑球，女孩就要受到鞭打，點到白球則免。（O被排除在外，直到她離開這裡為止都不必參與其中。）安瑪麗從不作假，如果一個女孩連續幾天中獎或逃過一劫，她也不曾變通。正因為如此，葉鳳的刑罰持續了四天，哭喊著她愛人的名字。她的大腿上布滿和胸前一樣的青色血管，敞開的雙腿中露出被鐵環穿透——她終於戴上它了——的粉紅色肉體；而且，由於她剃光了那裡的毛髮，那景象更是懾人。O問葉鳳：「為什麼這麼做？還有，妳的項圈上已經有金屬片了，為什麼還要戴鐵環？」「他說當我把那裡剃乾淨，才是完美的赤裸。至於鐵環，我想是為了用它把我拴住。」每當O看到葉鳳的碧眼和她尖尖的小臉，就會想到賈克琳。

要是賈克琳真的會去華錫呢？那麼她遲早會到這裡來，也會被五花大綁在這個台子上。O心想：「我不要，也不會參與這件事。我該說的都說了。賈克琳不是那種願意被鞭打、被印記的人。」但是鞭打和鐵環很適合葉鳳，她的汗水和呻吟讓人覺得很舒服，讓她流下汗水、發出呻吟是非常舒服的事。這是因為安瑪麗曾經兩次交給O一條皮繩編成的鞭子，而這兩次受鞭打的都是葉鳳。第一次，第一分鐘，O很遲疑。當葉鳳叫了第一聲，O退卻了，但是當她再次揮鞭，葉鳳再次叫出聲，而且叫得更大聲了，O開始感覺到一種恐怖的快感。它是如此強烈，讓她不能自己地笑出來，並發現她必須極力克制才能阻止自己全力揮鞭。然後，等一切結束後，她會一直待在仍被縛在台上的葉鳳身旁，時不時給她擁抱。就某方面來看，O和葉鳳有些相似。至少，安瑪麗讓人感覺她是這樣看待她們倆的。是O的沉默寡言和溫順，才讓她這麼討安瑪麗喜愛嗎？O的傷口還沒痊癒，安瑪麗就對她說：「我真後悔沒有親自鞭打妳。等妳下次再來……不說這個了。總之，我要每天打開妳的身體。」每一天，當被帶到音樂室的女孩終於鬆綁之後，O就取代她的位置，一直到晚餐鐘響為止。安瑪麗是對的，在這兩小時當中，她只能想著兩件事：自己被打開的狀態，以及那只沉重地懸掛在她身上的鐵環（從她們幫她掛上一個以後）。等她們給她戴上第二個鐵環後，那裡變得更沉重了。O什麼也不能想，除了自己被奴役的狀態，以及表明這個奴役狀態的鞭痕。一天晚上，克萊兒和科蕾特從花園走來，來到O被縛的台上，檢視她那兩只鐵環，只見上頭還沒刻上任何東西。克萊兒問：「妳去華錫的時候，是安瑪麗帶妳去的嗎？」O說：「不是。」克萊兒說：「我是安瑪麗帶去的。那是兩年前的事了。我後天又要回去那裡。」O說：「但妳是屬於誰的嗎？」安瑪麗不知道從哪裡冒出來，說道：「克萊兒是屬於我的。O，妳的主子明天早上會來。今天晚上妳就和我睡吧。」夏夜短暫，還不到四點鐘，天光已漸映現在最後的幾顆星光中。O兩腿併攏地酣眠著，忽然間，安瑪麗將手探進她的兩腿間，把她弄醒了。但安瑪麗叫醒O只是為了要O愛撫她。她的眼睛在半明半暗中閃閃發亮，夾雜灰縷的黑髮散亂在枕頭上，剪得短短的髮絲微捲，使她看來像個放逐中的貴族男子，像個勇敢無畏的放蕩子。O用嘴唇拂弄她硬挺的乳頭，把手探進她的雙腿間。安瑪麗很快就屈服了——但不是屈服於O。那份讓她睜大眼、盯著漸明天光的歡愉，是沒有名字的，是無關任何人的，O在其中不過是個工具而已。安瑪麗毫不在意O崇拜地看著她光滑、重返青春的臉龐和她嬌喘不已的嘴，也不在乎當O用嘴唇和牙齒攫獲隱藏在她下體畦溝中的小小肉峰時，讓O聽到她的呻吟。她只是抓著O的頭髮，迫使O更貼近自己，每一次放手都是為了下令：「再來一次。」O也是這樣愛著賈克琳，使她完全投入自己的懷抱。她曾經占有過賈克琳，至少她是這麼認為的。但動作相像不代表什麼，O並不擁有安瑪麗。沒有人能擁有安瑪麗。安瑪麗要人愛撫她，但毫不關心愛撫她的人有什麼感受。她以一種傲慢的自由姿態交出她自己。然而，她對O極其溫柔、和善，吻著她的唇和乳房，將她抱在懷裡一個小時後，才要遣她離開。她取下O身上的鐵環，說道：「這是妳在這裡的最後幾個小時，就別戴著這個睡覺了。晚一點我們幫妳戴上新的鐵環，就再也不能取下了。」她溫柔地用手久久撫摸著O的臀部，然後帶她去穿衣間。它是這棟房子裡唯一有三面鏡的房間，鏡子平時都是闔上的。她把鏡子打開，讓O可以看到自己。安瑪麗說：「這是妳最後一次看到自己完整無損。這裡，在這個光滑渾圓的地方，股溝兩邊這兩個位置，會被印上史蒂芬先生的名字。等妳要離開的前一天，我會再帶妳來這裡，讓妳看看自己的另一副樣子。妳會認不出自己來，但史蒂芬先生是對的。現在，去睡一會兒吧。」然而，焦慮讓O一夜無眠。十點鐘，科蕾特來叫她。但O實在顫抖得太厲害，科蕾特只好幫她洗澡、梳頭，還幫她搽上口紅。O聽到大門開啟的聲音。史蒂芬先生來了。葉鳳說：「來吧，O，他在等妳。」

太陽高掛在天上，沒有半點風，山毛櫸的葉子靜靜不動，看來宛如一株紅銅打造的樹。熱得受不了的狗兒躲在樹蔭下。陽光尚未完全被濃密的樹蔭遮擋，光線透過樹枝灑落下來，在大理石桌面上灑滿燦爛而溫暖的光點。史蒂芬先生站在大理石桌旁，動也不動，安瑪麗坐在他旁邊。當葉鳳將O帶到他們面前，安瑪麗說：「她來了。只要您說好，我們隨時可以幫她裝上鐵環。她已經穿好孔了。」史蒂芬先生沒有搭話，只是把O抱在懷裡，親吻她、抱起她，讓她躺到大理石桌上，然後彎身向她。他再次親吻O，輕撫她的眉毛和頭髮，接著站直身子對安瑪麗說：「就是現在，如果妳方便的話。」安瑪麗拿出她從屋裡帶來的皮箱，放在椅子上，將上頭刻了史蒂芬先生和O名字的鐵環拿給史蒂芬先生。鐵環是打開的。「開始吧。」史蒂芬先生說。葉鳳抬起O的膝蓋。當安瑪麗幫O戴上鐵環時，她感覺到金屬的冰冷。安瑪麗在將鐵環下半部套入上半部時，刻意讓金屬片鑲金的那一面朝向大腿，刻有姓名那一面朝著腿間，但因為彈簧太緊，怎麼都套不準，不得不派葉鳳去拿榔頭來。然後她們讓O坐起來，身子微微後仰，岔開兩腿坐在桌面的邊緣，像放在鐵砧上那樣用榔頭敲打鐵環的兩頭，才終於讓它套準了。史蒂芬先生自始自終只是看著，不發一語。當一切大功告成時，他向安瑪麗道謝，扶O站起身。O這時才感覺到新鐵環比她前幾天戴的重多了，而且這次是永久的了。安瑪麗對史蒂芬先生說：「現在要烙上您的姓名縮寫圖案了，對吧？」史蒂芬先生點點頭，摟著O的腰，因為她連站都站不穩。O現在雖沒穿著那件黑色馬甲，但體型已經雕塑成功，非常纖細的腰身好像一不小心就會折斷似的，臀部和乳房現也因此顯得更豐滿。史蒂芬先生跟在安瑪麗和葉鳳身後，幾乎可說是抱著O走進音樂室。科蕾特和克萊兒本來坐在台子下，當他們一走進來，兩人隨即起身。台上有個正燃著熊熊烈火的圓形大火爐，安瑪麗從壁櫥裡拿出皮帶，綁住O的腰和腿彎，讓她的腹部緊貼著柱面，雙手和雙腳也綑起來。O陷入極度恐懼中，感覺到安瑪麗的一隻手碰著她的臀部，指出要烙印的確切位置。一片死寂中，O聽見火苗的嘶嘶聲，以及關窗的聲音。她其實可以轉過臉來看，但她沒這個力氣。一陣尖銳的刺痛猛然穿透她全身，使她被綑住的身軀一僵，慘叫出聲。她永遠不會知道是誰同時把兩塊烙鐵印到她的臀上，不知道是誰慢慢從一數到五，不知道是誰示意撤掉烙鐵。等他們幫她鬆綁後，O癱倒在安瑪麗的懷裡，在眼前一片漆黑、完全失去知覺之前，只來得及瞥見史蒂芬先生那張慘白的臉。

七月底前十天，史蒂芬先生帶著O回巴黎。她左陰唇鐵環上的粗黑體字已經鄭重表明她是屬於史蒂芬先生的個人財產。鐵環一直懸垂到她大腿的三分之一處，每走一步就會在她的腿間有如鐘舌一般地晃動。鐵環下方掛的金屬片則比鐵環還要重，同時也更長。烙印在她臀上的那兩個字母圖案有三個指頭高，寬度則是高度的一半，像是用鑿子鑿進肉裡般，幾乎有一公分深，即便只是輕輕一摸也能清楚感覺到。O為這個鐵環和烙印感到異常的自豪。如果賈克琳在這裡，O不打算對她掩飾這些印記，不會再像離家前幾天時那樣極力掩飾史蒂芬先生用馬鞭抽打出來的鞭痕，反而會主動找賈克琳，讓她看自己身上的這些印記。但賈克琳還要八天才會回來，荷內也不在。這八天裡，O在史蒂芬先生的要求下訂做了好幾套夏裝，以及好幾件質料輕薄的睡衣。他只准她買兩種款式的服裝，但每種款式可以有好幾套；一種是前襟有拉鏈可以一拉到底的服裝（O已經有好幾套這樣的衣服），另一種是寬襬裙，可以隨心所欲掀起來，而且上身只能搭配從腰際直抵乳房下緣的緊身衣，再外搭一件立領的前開襟短背心。只要把背心脫掉，肩膀和乳房就暴露無遺；當有人想看她的乳房，只需要解開短背心的扣子就可以。她當然完全不需要泳衣，因為她下身的鐵環會從泳衣裡露出來。史蒂芬先生表示，如果她想游泳，這個夏天她必須裸游。O早就注意到，每當她在他身邊，即使他當下沒有很想要她，他也總愛用手占有她的下體，不假思索把玩著那裡的毛髮，打開她、久久地探索其中。O也曾用同樣的方式在賈克琳身上得到歡愉，那種手指上的潮溼和灼熱感，讓她充分見證史蒂芬先生可以從中得到的快感。她非常明白他為什麼不准有任何障礙阻撓他的幸福。

O看上去就像個很有家教的女孩。她沒戴帽子，讓頭髮自然披散，臉上只畫了點淡妝，穿著條紋或波卡圓點圖案的藍白或灰白相間摺裙，搭配扣在頸部的貼身短背心，或穿著款式比較保守的黑色尼龍洋裝。不論史蒂芬先生陪她出現在哪裡，大家總把她當成他的女兒或姪女，尤其是，他總是用「妳」稱呼她，而她也總是用「您」稱呼他，因此讓人更誤解他們之間的關係。當他們倆一起倘佯在巴黎街頭欣賞櫥窗，或沿著碼頭的石子路（因為天氣乾旱而蒙上一層灰塵）散步時，迎面而來的人笑著跟他們打招呼——那種人們對看上去很幸福的人會露出的笑容——兩人也欣然以對。史蒂芬先生有時會把她推進一個門洞，或建築物的拱頂下，吻她並告訴她他愛她。這些地方總是比較昏暗，散發一股古老地窖的霉味。那些小門通常是堵死的，讓O放心用鞋跟勾在門的底檻上。他們會瞥見人家的後院，看到窗口邊晾了一排衣服，有個金髮女郎斜倚在陽台上定定瞧著他們，還有一隻貓從他們的腿間鑽過。他們就這樣在戈貝蘭那一帶閒蹓，走過聖馬歇爾、慕夫塔街、聖殿區，一直到巴士底。有一次，史蒂芬先生突然帶著O走進一家看來低俗破爛的小旅館，老闆要求他們填資料，隨後又說如果他們只待一小時就不用了。房間的壁紙是藍色的，上頭點綴著巨大的金色牡丹花，窗戶正好對著天井，垃圾箱的味道從那裡飄上來。床頭的燈泡雖然光線昏暗，但仍看得到大理石壁爐上有打翻化妝品遺落的粉痕，還有幾根髮夾。床鋪正上方的天花板有一面大鏡子。

有一次，而且只有那麼一次，史蒂芬先生邀請O和他兩個在此短暫停留的英國朋友共進午餐。他提前一個小時到她家。這一回他不是派車送她去他家，而是直接來貝頓拿河堤路接她。當他到她家時，O還沒準備好——已經洗好澡，但還沒梳頭、化妝，還沒穿好衣服。她很訝異，看到史蒂芬先生手裡提著高爾夫球球袋。史蒂芬先生讓她打開球袋，她馬上明白他的用意。球袋裡裝的是幾根皮製的馬鞭：兩條有點粗的紅色馬鞭，以及兩條又細又長的黑色馬鞭、一條由綠色細長皮帶綑扎成一束束的皮鞭；這幾根鞭子都在尾端反紮出一個小套圈。另外還有用一條皮帶製成鞭梢的狗鞭，握柄是用皮條編成辮狀。最後是一些皮製手環，就像華錫用的那一種，以及一些繩索。O把鞭子一條條拿出來，排在她還沒整理的床上。儘管她已經見慣了鞭子，也早下定決心忍受鞭打，這時卻仍忍不住顫抖起來。史蒂芬先生見狀，將她抱在懷裡。他問：「O，妳喜歡哪一條？」但她根本說不出話來，只感覺自己的腋窩淌下冷汗。「妳喜歡哪一條？」史蒂芬先生又問一次，見她還是不答，改口說：「好吧，妳先來幫我吧。」他要她拿來一些釘子，將皮鞭和馬鞭交錯排列，布置成一幅圖案。釘子是釘在穿衣鏡和壁爐之間的護牆板上，正對著她的床。這裡是最理想的位置。每條皮鞭上都裝有一個小鐵環，可以把鞭子掛到釘子上，方便輕易取用每一條鞭子，用完後再掛回原來的位置。這些鞭子，再加上手環和繩索——O在她床對面的牆上看到了她一整套的刑具。這套刑具布置得漂亮又協調，就像聖女凱薩琳肖像畫上的輪子和釘刺，又像耶穌受難像上的釘子、錘子、荊冠、長矛和鞭子。等賈克琳回來後……但這一切當然已經把賈克琳計算在內，她早就深深捲入其中。到頭來O還是得回答史蒂芬先生的問題，但她實在辦不到，史蒂芬先生於是自己選擇了狗鞭。

塞納河左岸的貝胡斯飯店三樓的一個小房間裡，暗色的牆壁上運用亮色和點彩畫著看來像洛可可時代大畫家華鐸（Jean-Antoine Watteau）風格的木偶劇院演員人像。O被安排獨自坐在一張長沙發上，史蒂芬先生的一位朋友坐在她右手邊的扶手椅上，另一位坐在她左手邊，史蒂芬先生則坐在她對面。其中一位她曾經在華錫見過，但不記得他曾經占有過她。另一位則是個紅髮的高大男孩，有一雙灰色的眼睛，看起來顯然不到二十五歲。史蒂芬三言兩語對兩人說明了他為何請O過來，以及她是做什麼用的。O聽著他說話，再一次為他粗俗的用語而吃驚，但她還能期望別人怎麼介紹她呢？如果說她不是妓女，她卻當著三個男人的面（還包括那些進進出出忙著上菜的侍者），解開自己的馬甲，露出乳房，讓人看到她的乳頭上搽了胭紅，還能從她雪白肌膚上那兩道紫色傷痕看出她曾經受過鞭打。他們用餐的時間拉得很長，兩個英國人喝了許多酒。終於開始喝咖啡時，史蒂芬先生把桌子推到對面的牆邊，掀起O的裙子，讓他的朋友看她身上的烙印和鐵環。然後史蒂芬先生就告辭了，將她留給他們兩人。她在華錫見過的那個男人一點時間都不浪費。他沒有離開他的椅子，甚至沒有碰她一下，只命令她跪在他面前愛撫他，直到他在她嘴裡噴發後，吩咐她把他的衣服整理好，便逕自離開。但那個紅髮年輕人被O的順從，以及她身上的鐵環、撕裂傷痕完全征服了。她以為他會撲向她，但是他沒有，反而拉著她的手下樓，毫不在意侍者曖昧的笑。他叫了一輛計程車，帶她回他的旅館，直到天黑才放她走。在這段時間裡，他瘋狂地耕耘了她前後的田地。他的性器官又粗又硬，無情地弄痛她這兩個部位。他陶醉在突然得到的自由裡，得以用兩種方式進入同一個女人，同時也以另一種方式得到撫愛，亦即他稍早目睹另一個人命令她用的方式（這年輕人以前從來不敢要求對方這樣做）。第二天，下午兩點鐘，O應史蒂芬先生的要求來到他的公寓。她發現他面色凝重，看起來老了許多。他說：「艾瑞克瘋狂愛上妳了，O。他今天早上來這裡求我放妳自由，還跟我說他想娶妳。他要救妳。O，妳已經知道當妳屬於我時，我會怎麼對妳了。如果妳是我的，就沒有權利拒絕我的命令。但是妳也知道，妳還是擁有選擇不再屬於我的自由。我就是這樣告訴他的。他三點鐘時還會來這裡一趟。」O大笑起來，說道：「這不會有點太遲嗎？您們兩人都瘋了。如果艾瑞克今天早上沒來，您今天下午本來要找我做什麼？散步嗎？就這樣？那我們去散步吧。還是說，或許您今天下午本來不打算找我？如果是這樣，那我走……」史蒂芬先生說：「不，如果艾瑞克沒來，我本來就會找妳。但不是為了去散步，而是想……」「您直說吧。」「來，妳自己看就知道了。」他站起身，打開正對壁爐那面牆上的一扇門。它和通往他辦公室的那扇門一模一樣，O一直以為這扇門是通往一間早就棄置不用的壁櫥，但門內其實是一間小客廳，剛重新油漆過，窗上掛著深紅色的窗簾，一座圓形的台子占據了大半空間，台子兩側各有一根細柱，簡直就是薩諾那間音樂室的翻版。O說：「牆壁和天花板都鋪了軟木，對不對？而且門可以隔音，也裝了雙層玻璃。」史蒂芬先生點點頭。O又問：「這是什麼時候裝修的？」他說：「從妳回來以後。」O問：「為什麼？」他說：「為什麼我一直等到今天嗎？因為我一開始想把妳交給其他男人，現在卻要為了這個懲罰妳。我從來沒有懲罰過妳。」O說：「我是屬於您的。懲罰我吧。等艾瑞克來的時候……」

一個小時後，那個男孩被帶到這個房間。當他看到O以那麼奇特的方式被綁在兩根柱子之間，瞬間臉色一白，結結巴巴地說不出話來，落荒而逃。O以為再也不會見到他，沒想到，九月底時她又在華錫看到他。在他的要求下，她連續三天跟他在一起。那三天裡，他殘暴地折磨她。

IV

貓頭鷹

HISTOIRE D'O

O現在實在無法理解自己之前為何怯於告訴賈克琳自己的——套用荷內那個非常貼切的用語——真實狀況。安瑪麗早就說過了，她離開薩諾以後會有改變，但她沒想到改變會這麼大。賈克琳回來後，顯得更容光煥發，更清新可人了。O則無論在洗澡或穿衣服時，表現得就像屋裡仍只有自己那樣自然，不再把自己隱藏起來。然而，賈克琳真的完全不把自己以外的人放在心上，一直到她回來的第三天，碰巧在O跨出浴缸時走進浴室，當O的鐵環碰撞到搪瓷浴缸，發出一聲不太尋常的聲響，才終於引起賈克琳的注意。賈克琳回過頭，看到懸在O兩腿間的金屬片，也同時看到她大腿和乳房上的鞭痕。她問：「妳身上怎麼了？」O回答：「是史蒂芬先生。」她接著說，彷彿在說一件理所當然的事：「荷內把我給了他，他給我帶上了有他名字的鐵環。妳看。」她一邊用浴巾擦乾自己，一邊走向賈克琳。震驚的賈克琳，跌坐在一把漆光獨腳凳上。O來到她身邊，讓她拿起那塊金屬片、看清楚上頭的銘刻，然後任浴袍滑落地上，轉過身，指著自己臀上烙印的S和H兩個字母，說道：「他還在這裡烙上他的名字縮寫。至於這些，是他用馬鞭抽我留下的痕跡。通常他是親自鞭打我，有時候也會讓他的黑人女僕鞭打我。」賈克琳目瞪口呆看著O，一句話也說不出來。O忍不住大笑，作勢要吻她。嚇壞的賈克琳一把推開O，逃回房間裡。O不慌不忙地擦乾自己，灑上香水，整理頭髮。她穿上馬甲、絲襪、室內拖鞋後，打開浴室門，與賈克琳在鏡子裡四目交會。心不在焉的她正在鏡子前梳頭髮，但其實根本沒意識到自己在做什麼。「幫我綁馬甲。」O說。「看來妳真的很驚訝。荷內愛上妳了，他什麼也沒跟妳說嗎？」賈克琳說：「我不懂。」然後脫口而出最令她驚訝的事：「妳看起來好像對這一切很驕傲似的。我實在不懂。」O說：「妳會懂的，等荷內帶妳去過華錫後，妳就會懂了。對了，妳跟荷內上過床了嗎？」賈克琳漲紅了臉，搖頭否認。她一點也沒有說服力的態度，讓O忍不住又大笑出來。O說：「親愛的，妳說謊。別傻了，妳完全有權利跟他上床，而且妳也不必因為這樣而拒絕我。來，讓我愛撫妳，我也會告訴妳關於華錫的一切。」不知道是不是因為她本來擔心O會當她的面醋勁大發，而O卻沒有，讓她因此如釋重負，還是因為好奇心驅使，讓她想知道O要告訴她的事，又或者只是因為她喜歡O那耐心、緩慢又熱烈的愛撫，賈克琳終究屈服了。她對O說：「告訴我吧。」O說：「好，但是妳得先吻我的乳頭。妳也該學著習慣這個動作了，如果妳想對荷內有點用處的話。」賈克琳從命。她親吻O的乳頭，吻得令O呻吟起來。她再次對O說：「現在說給我聽吧。」

但不論O說得多翔實、多清楚，還有她本人這個實證擺在眼前，這一切在賈克琳看來仍然太過瘋狂。她問：「妳九月還要回去華鍚？」O回答：「等我們從南部回來以後。我帶妳一起去，或是由荷內帶妳去。」賈克琳說：「去看看，我倒是願意……純粹只是去看看而已。」O說：「我相信這是可以安排的。」其實她心裡一點也不相信這個可能性。她心裡真正想的是，如果能讓賈克琳踏進那裡的大門，史蒂芬先生應該會為此感謝她。等賈克琳到那裡之後，那裡的僕役、鎖鍊和鞭子就會教育賈克琳什麼是服從。O已經得知史蒂芬先生在坎城附近租了一棟別墅，他、荷內、賈克琳和O會在那裡度過八月份的假期。賈克琳的妹妹也會一起去，因為賈克琳這麼要求——倒不是她有多想帶妹妹同行，而是她母親一直纏著她徵得O的同意後決定的。O還知道她即將住進去的那個房間裡有些什麼機關。當荷內不在的時候，賈克琳絕對不會拒絕O的誘惑，至少她們一定可以一起午睡。那個房間和史蒂芬先生的房間只有一牆之隔，牆面看上去是實心的，其實不然；

牆上裝飾著掩人耳目的橫木裝飾，史蒂芬先生在他的房間裡，只需要拉開一面遮簾，就可以看到、聽到另一邊房間裡發生的一切，清晰得有如他就站在床邊一樣。當O愛撫賈克琳時，她的一切將會暴露在史蒂芬先生的眼前。等賈克琳發現真相時，將為時已晚。O開心地想著，她可以透過這個背叛的動作交出賈克琳。而她之所以會這麼做，是因為賈克琳瞧不起她被鞭打、被烙印的奴隸狀態。這讓O覺得自己受辱了，因為她對自己身為奴隸是如此引以為傲。

O從來沒到過南法。那沒有變化的藍天，幾乎波瀾不起的海洋，豔陽下動也不動的松樹，在O眼中看來全都毫無生氣、存心跟她作對。她難過地自言自語：「沒有真正的樹。」她看著眼前那片散發香氣的灌木叢與野草莓樹，所有石頭、甚至青苔，摸著都有溫度。她又對自己說：「海聞起來也不像海。」她抱怨海水只沖刷上岸像排泄物的醜陋屎黃色海藻，抱怨海水太藍，抱怨潮水總不厭其煩拍打同樣的位置。史蒂芬先生租的別墅其實是一棟離海邊很遠的農舍，剛重新裝修過，左右兩邊立著高牆隔絕了鄰宅。僕人廂房那一側正對著院子入口，別墅的另一面朝向東邊，對著一座花園。O在二樓的房間就位於這一面，直接通向陽台。一排月桂樹高高的黑色樹冠，正好和陽台的中空圍欄同高度，還有蘆葦搭的板條架遮擋南方正午的陽光；陽台地面鋪著紅磚，和她房間裡的地磚一樣。除了隔開O和史蒂芬先生房間的那道牆——它是一大片鑲著拱門邊框的壁龕，以一排像樓梯扶手一樣的欄杆與房間的其他空間區隔開來，欄柱上裝飾著木雕——其他所有牆面都粉刷得雪白。地板上鋪著白色的棉質厚地毯，窗簾用的是黃色與白色的亞麻布。兩張扶手椅上鋪著同為亞麻布面料的坐墊，還有幾塊藍色的三層連綴束方式軟墊。房裡的家具，只有一個非常華麗、英國攝政時期的核桃木製圓凸面五斗櫃，以及一張又窄又長、淺色的農家木桌，打過蠟的表面有如鏡子一樣光鑑。O把衣服掛進一個小衣櫥裡，用五斗櫃上的空間充當化妝台。賈克琳的妹妹娜塔莉被安排在O旁邊的房間。每天早上，當她知道O在陽台上做日光浴時，就走出自己的房間，在O的身旁躺下。她的肌膚雪白，身形雖圓潤，卻仍顯得雅致。像她姊姊一樣，她也有一雙鳳眼，但它們又黑又亮，使她看來有點中國人的味道。她的黑髮齊眉，前額覆著一排濃密的瀏海，腦後的直短髮落在頸背上。她有一對小巧、堅實的乳房，動作時會微微顫抖，臀部則才正要開始發育。跟賈克琳一樣，她也是在不意間發現O的祕密：一天，她匆匆走上陽台想找她姊姊，卻看到獨自趴在一個東方式軟墊上的O，受到極大震撼。然而，這讓賈克琳覺得反感的事，卻激起娜塔莉的慾望和豔羨。她向姊姊打聽，賈克琳於是將O對她說的事一五一十告訴了娜塔莉，想藉此引起娜塔莉的驚愕與反感，沒想到它一點都沒有改變娜塔莉的感覺。如果她的說明真的有任何影響，那也只能說是適得其反。娜塔莉覺得自己愛上了O。在接下來的一個多星期裡，她努力將這個祕密藏在心底，然後在一個星期天下午稍晚的時刻，設法得到和O獨處的機會。這天沒有平常那麼熱。上午花不少時間游泳的荷內，在一樓一間涼爽房間裡的長沙發上睡著了。賈克琳氣他寧願睡覺而不陪她，索性上樓找O。海水和陽光讓她的皮膚有如鍍了一層金，而她的頭髮、眉毛、睫毛，以及她下體的毛髮、腋毛，看上去宛如灑上一層銀粉，而且因為她完全沒有化妝，嘴唇的色澤就像她下體的唇瓣一樣粉紅。為了確保史蒂芬先生能夠看清楚賈克琳每一個細微之處——O心想，自己如果是賈克琳，一定會猜到或感覺到他無形的存在——O好幾次刻意抬高賈克琳的腿，讓她在燈光的照射下大張著雙腿（床頭的燈已被O事先點亮）。窗板被關上了，房間裡很暗，但仍有一縷縷光線從窗板的隙縫中透入。一個多小時當中，賈克琳在O的愛撫下呻吟不止。最後，她挺起乳峰，雙臂向後伸過頭頂，兩手緊緊抓住O那張義大利式大床床頭的木欄。當O分開那藏在淺色毛髮中的細緻、柔軟唇辦，徐徐咬囓她腿間那兩片唇瓣交會處的小小肉蒂時，她開始大聲叫起來。O感覺賈克琳在她的舌下身軀一僵、熊熊燃燒，一聲接一聲叫喊。O不曾停歇，直到賈克琳突然癱軟，像彈簧突然繃裂一般，渾身汗溼地沉浸在快感之中。之後O送她回房。賈克琳很快就進入夢鄉，但下午五點鐘一到，荷內去找她搭船出海時，她已經醒了，也已經作好準備。傍晚時分，海上經常颳起一陣輕風，所以他們已經習慣每天下午駕著那艘小帆船出海，帶著娜塔莉一起。「娜塔莉在哪兒？」她不在自己房間裡，整棟房子裡也找不到人。他們到花園叫她，但荷內一路找到花園盡頭那片小櫟樹林裡，依然沒有人回答。荷內說：「說不定她已經到小港灣等我們，或是在船上等了。」於是他們不再喚她，徑自離開。陽台上，O這時正趴在她的東方式軟墊上，從圍欄的間隙中瞥見娜塔莉正往別墅這邊跑來。O起身套上睡袍

（儘管天色已晚，天氣卻仍然很熱，所以她不想穿衣服），正在繫腰帶時，娜塔莉——氣勢宛如復仇女神一般——突然衝進房裡，投入O的懷抱。「她走了，她終於走了。」娜塔莉喊道。「我聽到她的聲音，O，妳們兩個的聲音，我在門後都聽到了。妳吻了她，妳愛撫她，為什麼妳不愛撫我？為什麼妳不吻我？因為我不是金髮，不夠漂亮嗎？她不愛妳，O，我才是愛妳的。」她喊出這一大段話，啜泣起來。O喃喃自語：「好極了。」她一邊哄娜塔莉坐到椅子上，一邊從衣櫃裡拿出一條大手帕（史蒂芬先生的所有物），等到娜塔莉的啜泣稍緩時，幫她擦掉眼淚。娜塔莉請求她的原諒，並吻了她的手。娜塔莉說：「就算妳不願意吻我，也讓我待在妳身邊。讓我一直待在妳身邊。就好像如果妳有一條狗，也一定會留下牠的，對吧。如果妳不願意吻我，而是想要打我，那就打我吧！怎樣都好，就是別趕我走。」O非常低聲地說：「冷靜下來，娜塔莉，妳不知道妳在說什麼。」娜塔莉彎身抱住O的膝頭，也同樣低聲回答：「喔，我知道。那天我看到妳在陽台上，看到那兩個縮寫字母了。我還看到長長的青黑色傷痕，而且賈克琳已經告訴我……」「告訴妳什麼？」「妳去過那裡，O，還有他們在那裡對妳做了什麼。」「她跟妳提到華錫？」

「她還告訴我，妳曾經被……現在也還……」「我怎麼樣？」「妳戴著鐵環。」「沒錯。她還說了什麼？」「史蒂芬先生天天鞭打妳。」O說：「這也沒錯，而且他隨時會到這裡來，所以妳還不快走，娜塔莉。」娜塔莉沒改變姿勢，只是仰起臉來看著O。O看到她眼裡滿滿的愛慕和崇拜。她說：「教我，求妳教教我，我希望像妳一樣，妳叫我做什麼我都接受。答應我，等妳要去賈克琳跟我說的那個地方時，一定要帶我去。」O說：「妳太小了。」她忿忿叫道：「不，我不小了！我已經十五歲，就要十六歲了！我不小了，不信妳問史蒂芬先生。」因為史蒂芬先生這時正好走進房裡。

結果娜塔莉得到准許，可以隨時跟在O的身邊，而且爭取到一起去華錫的允諾。但史蒂芬先生禁止O教她愛撫，連吻她的嘴也不行，同時也不許娜塔莉親吻O。他決意讓她在到華錫之前，沒被任何人的手和唇碰過。相對的，他也要求娜塔莉，既然她不肯離開O，就要做到須臾不離，要親眼看著O愛撫賈克琳和他本人，還有O屈從他的時候，例如他鞭打O時，或他請老諾拉代為揮鞭時。O占有她姊姊時的熱吻，還有O和她姊姊四唇相貼的情景，都讓娜塔莉嫉妒、怨憎到身子不禁顫抖起來。她蜷縮在O床頭的地毯上，就像《一千零一夜》裡依偎在雪赫拉莎德床邊的小蒂娜莎德，親眼目睹O每一次被綑在床欄上，在馬鞭下痛苦掙扎的情景；她親眼目睹O跪在地上，謙卑地用雙唇接受史蒂芬先生勃起的性器官；她親眼目睹O匍匐在地，用自己的雙手掰開臀部、獻出後面的孔洞讓他進入——她親眼目睹了這一切，卻除了崇拜、嫉妒和迫不及待之外，沒有其他的感覺。

賈克琳的態度大約在此同時發生了變化。或許是O太在意賈克琳的冷淡和她們倆之間的情慾關係，也或許是賈克琳本人天真地以為完全順從O會影響自己和荷內的關係，總之，不論是什麼原因，她突然不再來找O了，但似乎也同時疏遠了荷內，雖然她幾乎每天每晚都跟他在一起。從賈克琳的行為，一點也看不出她是愛他的。她冷冷地觀察著他，而當她對他微笑時，那份笑意從不曾延伸到她的眼裡。儘管可以假設她像投入O的懷抱那樣將自己徹底交給荷內（這一點是很有可能的），O還是無法阻止自己懷疑她的屈服只是表面上的，不是出自真心。然而，旁觀者卻能感覺到，荷內已經迷失在對她的慾望中，震懾於一種他過去從未體驗過的愛；這是一種充滿焦慮的愛，一種完全不知道能否得到回報的愛，一種擔心惹對方生氣、戰戰兢兢的愛。雖然他一如既往地過著日子，和史蒂芬先生、O在同一棟屋子裡睡覺、吃飯，和史蒂芬先生、O一起散步，跟他們兩人交談，但他看不見他們，也聽不見他們。他眼睛看的、耳朵聽的、嘴裡說的，都穿透他們倆，越過他們而去。就像大多數人都有過的經驗——在夢境中拚命想跳上已經開動的火車，或死命抓住崩毀中的橋樑的欄杆——他一個人悶著頭努力，試圖理解存在的目的，想找出藏在賈克琳金色肌膚下的真相，就像想找出洋娃娃肚子裡那個讓它發出哭聲的機關一樣。O心想：「好吧，我最害怕的那一天終於到來了，從今以後我只是荷內過去生活的一抹影子了，但我竟然不覺得感傷，對他的感覺只有同情而且。而且即使知道他已經不再渴望我，我還能天天見到他而不覺得半點苦澀，也毫不後悔，甚至沒有受到傷害的感覺，但才不過幾星期以前，我跋涉整個巴黎，趕去他的辦公室，求他告訴我他仍然愛我……這就是我的愛嗎？這麼隨便，這麼輕易就被撫慰了？甚至，連『撫慰』這個字眼都稱不上，因為我其實很開心。難道這表示，他只要把我送給史蒂芬先生就可以擺脫我，而我就這麼容易在另一個人的懷抱裡找到新的愛情嗎？」話說回來，如果拿荷內和史蒂芬先生作比較，他們倆對她來說有什麼不同？乾草結成的繩索、麥管扭成的纜繩、軟木打造的腳鐐鐵球——荷內曾經用這些象徵性的束縛牢牢捆綁住她，卻又不假思索切斷它們。然而，這個刺穿自己的血肉、讓人感受它的重量、成為身上永恆印記的鐵環，以及主子那雙把妳抱到冷硬石床上的手、他那深知如何毫不留情將所愛據為己有的愛情——這一切，又帶給她多麼強烈的平靜與快樂！O告訴自己：到頭來，和荷內在一起，她只是個愛情的學徒；她愛他只是在學習如何去愛，如何奉獻自己，讓自己供史蒂芬先生奴役、填滿她的虛空。但是，看看荷內——他曾經那麼隨興地對待她，而她愛的就是他的這種隨興——如今卻寸步難行，像個雙腳深陷在池水和蘆葦中的人。那池子表面上看來平靜無波，水底深處卻有暗流漩渦。看著現在的他，O不禁對賈克琳心生怨懟。荷內是否隱約感覺到了O這樣的心情？她是否不小心暴露了自己的感受？不論是哪一種情形，她都犯了一個錯。一天下午，她和賈克琳一起去坎城——雖然同行，但貌合神離——上美容院整理頭髮，然後去拉雷澤弗飯店，坐在露台上吃冰淇淋。賈克琳身穿黑色的緊身便褲和黑色亞麻線衫，出眾得連可愛的孩童也相形失色。豔陽下的她，如此年輕，如此健康，如此冷峻，如此金光閃閃，卻又如此高傲，拒人於千里之外。她告訴O，她去巴黎拍攝的那部電影的導演跟她約在這裡，可能是要討論到聖保羅－德－凡斯後山拍外景的事。後來他真的來了，讓人感覺是個直率又果斷的人。他根本不用開口，旁人就看得出他對賈克琳一往情深，因為他看著她的樣子已經不言而喻。這有什麼好意外的嗎？沒有，令人意外的是賈克琳。她斜躺在一張海灘折疊椅上，聽他談著有待敲定的行程和會面，以及籌措資金把電影拍完的困難。他用「妳」而不是「您」來稱呼賈克琳，而她只是用點頭、搖頭回應他，半閉著眼。O坐在賈克琳的對面，他則坐在她們倆之間。O不用費什麼力氣就注意到，賈克琳正從她的眼底（在她動也不動的眼睫毛掩護下）觀察著這個年輕導演的慾望；她經常這樣做，當她以為沒有人在注意她的時候。但最奇怪的是，她看起來一副很困擾的樣子，兩手靜靜垂放在身子兩側，神情嚴肅，沒有絲毫笑意。O從沒見過她在荷內面前表現出這種神情。當O探身向前，把一杯冰水放到桌子上時，她和賈克琳四目相對。賈克琳臉上閃過一抹幾乎不可能察覺的微笑，O當下立即明白，一切都結束了。賈克琳也看出O已經看穿她，但她竟然毫不在意，反倒是O臉紅了。賈克琳對O說：「妳是不是太熱了？我們再五分鐘就走。對了，臉紅很適合妳呢。」然後她看著年輕導演再次笑起來，只是這一次帶著似水柔情，教他不當場立刻擁抱她簡直是不可能的事。結果他沒有行動。他還太年輕，不懂按兵不動和沉默之下可以包藏著放浪。他看著賈克琳起身，跟她握手道別。她答應打電話給他。他也對O說了再見，雖然O在他眼裡不過是個影子而已，然後他站在路邊看著那輛黑色別克汽車消失在陽光炙吻的房舍和深藍色大海之間的大道上。路邊的棕櫚樹看來有如從鐵皮裁切下來的板材一樣，散步的行人則像是澆鑄失敗的蠟像，被某種愚蠢荒唐的機關驅動著。O問賈克琳：「妳真的那麼喜歡他嗎？」車子駛離城裡，開上海岸公路。賈克琳說：「這跟妳有什麼關係嗎？」O回答：「這跟荷內有關。」賈克琳回答：「跟荷內有關，還有史蒂芬先生，還有，如果我沒弄錯的話，跟另外一大票人有關的是，妳的坐姿很差，會把裙子弄皺。」O聞言一動也不動。賈克琳又接著說：「我還以為妳也不能翹腿，不是嗎？」O再也聽不進她的話。對於賈克琳的這些威脅，O有什麼好怕的？假如賈克琳是在威脅要去告發O的這個小過失，她以為這樣就能阻止O去跟荷內告她的狀嗎？O不是不想，只是擔心荷內會受不了賈克琳在欺騙他的這個打擊——或是她想要主導自己的生活，不受制於他。她要怎麼做才能讓賈克琳相信，假如她不去告發她，那也是因為不想看到荷內沒面子，不想看到他為了另一個女人（而不是她自己）臉色大變，甚至有可能軟弱到不敢為此懲罰賈克琳？另外還有一個原因，讓她保持沉默：她怕看到荷內把憤怒轉向她，氣她給他帶來壞消息，氣她告這個密。她要怎麼告訴賈克琳她一個字也不會說，又不會讓她以為自己是在跟她交換條件、達成某種協議？因為賈克琳以為O非常害怕，對她一旦說出去的後果而驚恐不已。

接下來，一直到她們回到別墅、在院子裡下車，兩個人都沒再交談。賈克琳看也不看O，逕自摘了一朵長在主屋前緣的白色天竺葵。O跟她身後不遠，近得可以聞到被賈克琳捻斷的莖葉發出的纖細又強烈氣味。她是不是以為這樣就能掩飾她的汗味？汗水使衣服貼在她的腋下，讓亞麻線衫的腋窩處顏色顯得更深。荷內一個人待在那間有著石灰白牆與紅磚地板的主廳裡。他說：「妳們回來晚了。O，史蒂芬先生在隔壁房間等著妳，他需要妳。妳們這麼晚，讓他不太開心。」賈克琳爆出大笑，O看著她，漲紅了臉。「妳們應該另外找時間去的。」荷內說，誤會了賈克琳的笑和O的心情。賈克琳說：「跟這個無關啦，不過，我要告訴你，荷內，你不在場的時候，你的乖巧美人可不是那麼乖喔。你看她的洋裝，皺成這樣了。」O正站在房間中央，面對著荷內。他要她轉過身，但她動也不動。賈克琳又說：「她還翹起腿呢，不過這當然不會留下證據，而且你也看不到她勾引男孩子的樣子。」O大喊：「這不是真的！勾引男人的是妳！」她往賈克琳撲過去。當她正要往賈克琳打去時，被荷內一把抓住。她在他懷裡拚命掙扎，感受著自己比他柔弱、受他宰制的快感。然後她抬起頭，看到史蒂芬先生正站在走廊上注視著她。賈克琳一屁股坐到沙發上，小臉因憤怒和恐懼而繃起來。O能感覺到荷內的雙手雖在安撫她，眼裡卻只有賈克琳。O不再掙扎。讓史蒂芬先生看到自己的失態，她覺得很喪氣，低聲喃喃重複著：「那不是真的，我發誓那不是真的。」史蒂芬先生一句話也沒說，一眼也沒看賈克琳，只是示意荷內放開O，再示意O跟他去另一個房間。而當他們一進到另一扇門內，史蒂芬先生立刻把O壓到牆上，抓住她的下體和乳房，舌頭迫不及待撬開她的嘴唇。O不由自主呻吟起來，一方面是出於歡愉，另一方面也是因為得以脫離剛才的窘境。

他的撫摸讓她的乳頭堅挺起來，另一隻手猛地探入她的私處，讓O以為自己就要昏過去。她一直沒有勇氣告訴他，他這種隨心所欲占有她的方式，以及光是想到他可以對她做任何事，不受任何限制、不拘任何方式，在她的身體上尋求他的快樂——這一切帶給她的無上歡喜，是沒有任何快感、歡愉或她能想像的一切，可以相比並論的。她很清楚，當他碰觸她時（不論是愛撫或鞭打），當他命令她做任何事時，都只是因為他想這麼做，而他所關心的只有他自己的慾望。這份確信讓O感到如此的滿足，以致於每次看到相關的最新證明時，或光只是想到這一點，就會讓她感覺彷彿有一件長度及膝的火焰斗篷或一具火燙的鎧甲瞬間吞沒她的身軀。就這樣，當她被緊緊壓在牆上，閉著眼，嘴裡喃喃地說著「我愛您」，當她終於喘過氣來說出這幾個字時，史蒂芬先生那雙冰涼如泉水的手，撫過她這個渾身流竄著火舌的身軀，逗得她更加熾熱難耐了。他緩緩放開她，拉下裙子覆住她潮溼的大腿，扣好她堅挺乳房上的緊身短背心。「來吧，我有事需要妳。」O這時睜開眼，才發現房裡除了他們倆之外，還有另一個人在場。眼前這個牆壁刷得雪白的空間，怎麼看都像是一間起居室。它寬敞又空蕩，也有一扇法式窗門，通往外面的花園。

而在這間起居室和花園中間的露台上，有個身形龐大的男人坐在一把柳條椅上，嘴上叼著菸。這個光頭的巨人敞著身上的襯衫，長褲上挺著一個大肚子，正目不轉睛看著O。然後他站起身，向史蒂芬先生走來。史蒂芬先生立刻把O推向前，她這時候才注意到，他的身上掛著一條懷錶鍊，鏈子另一頭的口袋裡本來應該放著懷錶，結果卻是掛著一個華錫的徽章。史蒂芬先生禮貌地把他介紹給O，但只是稱呼他「司令」，沒有提到他的名字。「司令」吻了O的手，嚇了她一跳，因為這是自從她牽扯上華錫的成員後，頭一次有人這麼做(史蒂芬先生除外)。他們三人一起回到房中央，任窗門敞開著。史蒂芬先生走到壁爐邊按鈴。O看到沙發旁的中國式茶几上放著一瓶威士忌、蘇打水和玻璃杯，由此可知他按鈴不是叫人送飲料進來。O同時也注意到，壁爐旁的地板上放著一個大紙箱。這位華錫來的人坐到一張藤編扶手椅上，史蒂芬先生則半倚半坐在一張圓桌的桌緣，一條腿垂懸在桌邊。O遵照他的指示坐在沙發上，落座前乖乖地撩起裙子，大腿下可以感覺到微微刺人的普羅旺斯棉織品。聞鈴而來的是諾拉。史蒂芬先生吩咐她幫O脫衣，並把衣服帶走。O任由她脫掉自己的短背心、洋裝、束腰的鯨骨馬甲和涼鞋。等O一絲不掛後，諾拉立即告退，O也自動恢復華錫的行事規矩，心裡很清楚史蒂芬先生希望看到她絕對的服從。她站在房間中央，眼簾低垂，因此她不是用眼睛看到，而是憑感覺得知娜塔莉——和她姊姊一樣穿著黑衣，打赤腳，沒有發出半點聲響——從敞開的窗門溜了進來。史蒂芬先生無疑已經對「司令」解釋過娜塔莉是誰，以及她為什麼會在這裡，所以這時只是叫出娜塔莉的名字，而「司令」什麼也沒問她，只要她幫他們斟飲料。在一片寂靜中，冰塊和杯子的碰撞聲，聽起來十分刺耳。當她遞給他們威士忌、蘇打水和冰塊後，「司令」從椅子上站起身——剛才諾拉幫O脫衣服時，他一直坐在這把椅子上——手持酒杯朝裸著身子的O走來。她以為他會用那隻空著的手抓住自己的乳房或下體，結果他完全沒有碰她，只是非常仔細地檢視她，從她微啟的嘴唇，一直到她分開的膝蓋。他圍著她打轉，研究她的乳房、大腿、臀部，卻一句話都沒說。這種強大的專注力，以及他過於逼近的龐大身軀，給O很大的壓力。她再也不知道自己是想逃開他，還是相反的，讓他把自己推倒在地、用他的身軀壓碎她。她是那麼心慌，沒辦法再裝模作樣，只好看向史蒂芬先生求援。他明白她的意思，微笑以對，走到她身邊，抓起她的雙手、放到她背後，用一隻手牢牢握住。她往後仰靠在他身上，閉上雙眼，感覺就像進入一場夢境，或至少置身一種因為倦極而半夢半醒的昏沉中，就像兒時她有一次在麻醉半消退的狀態下，聽到那些以為她還沒醒來的護士在談論她，說著她的頭髮、蒼白的膚色，以及她才剛要長出毛髮的平坦下體一樣，她聽到這個陌生人對著史蒂芬先生讚美她，特別提到她豐滿乳房和纖細腰肢的反差有多麼可愛，以及那比平常更粗、更長、更顯眼的鐵環。從他們的對話中，她得知史蒂芬先生已經答應下個星期把她借給他，因為他正在為此致謝。就在這時候，史蒂芬先生抓住她的頸後，輕聲對她說該醒了，然後要她跟娜塔莉一起上樓，在自己的房間裡等著。

O不知道自己該不該覺得為此煩惱。至於娜塔莉，得知O將向史蒂芬先生以外的人開放後，正興高采烈地圍著她跳起印第安舞之類的東西，又叫又跳：「妳覺得他也會放在妳嘴裡嗎，O？妳真該看看他剛才看妳的嘴巴時的樣子！有人這麼渴望妳，妳真的好幸福！我想他一定會鞭打妳，因為他反覆看了三次妳被鞭打的痕跡。至少，那種時候，妳就不會再想著賈克琳了！」O回答：「我沒有老是想著賈克琳，妳這個傻瓜。」娜塔莉說：「是嗎？我才不傻，我知道妳想她。」這是真的，但又不完全是。確切來說，O想念的並不是賈克琳，而是自由享用女性身體的感覺。要不是史蒂芬先生不准她對娜塔莉出手，她早就得到娜塔莉了。她沒違背這項禁令的唯一理由是，再過幾個星期，娜塔莉就會在華錫被交到她的手上，而且在這一刻到來之前，娜塔莉將當著她的面，由她本人，而且是因為有她，被奉獻出去。她渴望摧毀阻擋在娜塔莉和她之間的那一堵隱形牆、那個空間——如果用確切的字眼來說——那一片真空，但同時她也在品嘗被迫等待的滋味。她對娜塔莉說了這番話，但娜塔莉一直搖頭，不相信她的話。娜塔莉說：「假如賈克琳在這裡，而且她也願意的話，妳還是會愛撫她。」O大笑說：「我當然會！」娜塔莉說：「妳看吧！」她要怎樣才能讓娜塔莉了解（況且，值得為此大費周章嗎？），她既不是很愛賈克琳，對娜塔莉或任何其他女孩也都一樣，她就只是愛女孩子而已——對所有的女孩，用一個人愛上自己形象的那種方式。只是她的情況是，其他女孩在她眼裡永遠比自己更可愛、更美麗。看到一個女孩在她的愛撫下嬌喘，在她的嘴唇和牙齒的動作下雙眼緊閉、乳峰堅挺，而且當她用手探索女孩前後兩個祕處時，感覺那裡的肌肉在她的指頭上收縮，聽著她們嘆息和呻吟——這樣的快感簡直令她神魂顛倒。而這種快樂會如此強烈，那也是因為它時時提醒著她，當輪到她的肌肉在別人的手上收縮，當她自己發出呻吟時，也會帶給對方同等的快樂。這兩者的差別只在於，一個女孩帶給她的這種快樂，她無法想像自己能將它再帶給另一個女孩；她只能把這種快樂再交給一個男人。此外，在她看來，她愛撫的那些女孩，和她一樣理所當然是屬於男人的，她只是那個男人的代理人而已。在賈克琳習慣來和她午睡的那些日子裡，如果史蒂芬先生在她愛撫賈克琳的時候正好走進房裡，O一定會逼迫在自己掌握下的賈克琳大張雙腿，並且為他保持這樣的姿勢；而且只要史蒂芬先生願意，她不但不會有半點內疚，還會滿心歡喜地讓他占有她，無須再從他的房間透過橫木間的縫隙窺視。她非常善於狩獵，是一隻天生的捕獵鳥，絕對能夠把獵物帶回給獵人。但說到這個……她忍不住再一次心跳加快，想著賈克琳那隱藏在柔軟毛髮下、細緻的粉紅色唇瓣，想著她臀部間那更細緻、更粉紅的圈環，那個她只曾鼓足勇氣試探過三次的地方。就在這時候，她聽到史蒂芬先生房間傳來的踱步聲。她知道他能夠看到她，她卻看不見他。她再次感覺自己真的很幸福，能以這種方式將自己展現在別人面前，永不間斷地被囚禁在這些環繞著她的目光中。年輕的娜塔莉正坐在房間中央的白色地毯上，看上去就像一隻蒼蠅落在一碗牛奶中。O站在充當化妝台的五斗櫃前，從一面已經微微泛綠的古董鏡裡看著自己的上半身，上頭的綠色斑紋有如池塘中的漣漪，讓人想到十九世紀末的版畫，畫中的女人裸著身子在昏暗的房間裡閒步，時值盛夏。當史蒂芬先生推開她的房門時，原來背倚著櫃子的她猛一轉身，雙腿間的鐵環因此碰撞到五斗櫃的銅質把手而叮噹作響。史蒂芬先生說：「娜塔莉，下樓去把起居室的那個白色紙箱拿來。」娜塔莉回來後，把箱子放在床上並打開來，將裡面的東西一一拿出來，打開包裝用的絹紙，一件一件遞給史蒂芬先生。原來是面具，結合頭飾的那種款式。它們的設計目的，顯然是為了包覆住整個頭部，只露出嘴部和下巴——當然還有眼睛。松雀鷹、老鷹、貓頭鷹、狐狸、獅子、公牛，全都是動物面具，做成人頭的尺寸，而且是運用真的毛皮和羽毛製成。那些有睫毛的動物（例如獅子）面具上也飾有睫毛，毛皮或羽毛的長度可以垂到戴面具的人的肩頭。如果想讓面具服貼在上唇的位置（那裡特意為鼻子保留了兩個孔），同時緊貼著兩頰，只需調整一條小繩帶；它就隱藏在像教士長袍一樣披垂在身後的裝飾裡。面具的外罩和襯裡之間，有硬紙板製的框架讓面具保持硬挺。O在一面大全身鏡前一一試戴這些面具。當中看起來最獨特，同時也是她認為讓她改變最大、看起來又最自然的，是一個貓頭鷹面具（這個樣式的面具有兩個），因為它是用淺黃褐色和米色的羽毛打造的，跟她的淺褐色皮膚最搭配；羽毛的披肩幾乎完全覆住她的肩頭，後側長及她的後背中段，前側則披覆到乳房上緣。史蒂芬先生叫她把口紅擦掉。當她脫下面具，他對她說：「妳將成為『司令』的貓頭鷹，但是O，希望妳能原諒我，這次妳會被人用鏈條牽著走。娜塔莉，去我桌子最上層的那個抽屜找找，把一條鐵鏈和那幾把鉗子拿來。」娜塔莉取來了鐵鏈和鉗子，史蒂芬先生用鉗子擰開鐵鏈末端的一個鐵環，套到O下體的第二個鐵環上，再將擰開的鐵環重新閉合。這條鐵鏈和牽狗用的鏈條很像（事實上它本來就是狗鏈），大約有一公尺半那麼長，末端附著一個勾環當把手。幫O重新戴上面具後，史蒂芬先生吩咐娜塔莉拉著鏈子的一頭，牽著O在房間裡繞圈子走。娜塔莉於是牽著鏈子——連到O的下體——帶領全身赤裸、戴面具的O在房裡走了三圈。

「我必須承認，」史蒂芬先生說。「『司令』說得對，所有毛髮都必須剃掉，但這可以等到明天再處理。這段時間內不要拿下這條鏈子。」

當天晚上，O頭一次裸著身子，在賈克琳、娜塔莉、荷內和史蒂芬先生的陪伴下一起用晚餐。鐵鏈從她的兩腿間向後拉起，經過臀部、纏繞在她的腰間。諾拉一個人負責上菜，O回避著她的目光。兩小時前，她在史蒂芬先生的召喚下鞭打了O。

翌日，O身上的鐵環和臀部上的烙印已經讓美容師很震驚了，那些嶄新的傷痕更是讓她不安。為了除去那些討厭的毛髮，O到美容院接受蜜蠟脫毛，做法是把蠟敷在毛髮上，等蠟變硬後再用力揭去，同時拔去毛髮。不管O再怎麼向美容師表示這種蠟不會比馬鞭還燙，結果都沒有用；O還試圖向她解釋清楚，即使這不是她命中注定的，至少她是快樂的。但不論O對她重複多少遍，還是不能使美容師相信她，也不能平息她的憤慨或驚恐。O盡力安撫她的唯一結果是，本來對O滿腹同情的她，變成了滿懷的恐懼。最後，她要O像做愛時那樣分開雙腿，完成這一整套脫毛程序。大功告成後，不管O多真心地感謝美容師，還給了豐厚的小費，當她離開美容院時，仍感覺自己最後是被趕出來的，而不是出於自己的意願。但是這有關係嗎？她自己也看得出來，她下體的毛髮和面具的羽毛之間的顏色差異，給人一種刺眼的突兀感；她也知道，面具讓她給人一種埃及雕像的印象，而她的寬肩、細腰和長腿更強調了這一點——這一切都要求她的肉體必須達到光滑無暇的地步。人們只會在那些原始社會的女神雕像或畫像上，看到她們如此高傲又高調地展現她們下體的那一道縫隙，而它兩片唇瓣中的小小峰脊更是優美精巧，但有人見過她們的唇瓣上穿著鐵環嗎？O想起安瑪麗那裡的豐滿紅髮女孩說過，她的主子只有在把她拴在床腳時才會使用她唇瓣上的鐵環；她也說過，他要她把體毛剃光，是因為這樣才是完美的赤裸。O本來擔心這樣會讓史蒂芬先生不開心，因為他喜歡扯著她下體的毛髮把她拉向他，但是她錯了，史蒂芬先生覺得現在的她更動人了。當她重新戴上面具，擦去上下的口紅讓兩處的唇瓣顯得蒼白後，他愛撫她時幾乎稱得上小心翼翼，就像馴獸師撫摸他要馴服的野獸那樣。他既沒告訴她到時候是去什麼地方或幾時要動身，也沒說「司令」的客人會是什麼樣的人，但他接下來的整個下午都待在她身邊。他陪她午睡，還吩咐將兩人的晚餐送到房間來。午夜前一個小時，他們搭乘他那輛別克轎車出發了。O的身子裹在一件棕色的山區民族大斗篷裡，腳上踩著木屐鞋。娜塔莉穿著黑色長褲、黑色綠衫，手裡始終握著那條鐵鏈，鏈子的一頭拴在她右手腕的皮手環上。史蒂芬先生負責駕車。接近滿月的月亮，在路上灑下雪跡一般大大的光點，照亮車窗旁閃現的村莊房舍和樹木，其餘則隱蔽在一片墨黑中。時間已經這麼晚，卻還有一群群的人聚集在街道兩旁屋舍的門口，可以感覺到他們對這輛密閉的車輛相當好奇（史蒂芬先生沒有放下車子的頂蓬）。狗吠叫著。路邊的橄欖樹沐浴在月色中，有如飄蕩在兩公尺高的一片銀色浮雲，扁柏看上去則像黑色的羽毛。虛幻的夜色，使這個鄉間的一切都不真實起來，除了鼠尾草和薰衣草的芬芳。道路繼續上行，但熱空氣仍籠罩著大地。O讓斗篷從肩頭滑落，因為不會有人看到她。車外渺無人跡。又過了十分鐘，車子順著一片青綠的櫟樹林駛到一座小山坡上。史蒂芬先生在一面長長的圍牆前放慢了車速。圍牆上開了一道大門，在車子接近時自動開啟，待他們一進入其中，大門又立即關閉。史蒂芬先生把車停在前院，下車扶著娜塔莉和O跨出車外，並命令O把斗篷和木屐留在車上。他推開一扇門，呈現在他們眼前的是一個內院，三面是文藝復興時期風格的拱廊，第四面則是經由一個石板地的露台延伸而出的院子，同樣鋪著石板。那個院子和露台上，有十幾對男女正在跳舞；幾名穿著低胸禮服的女士，和一些身穿白色英式短西裝的男子，圍坐在幾張小桌旁，桌上點著蠟燭。左手邊的迴廊裡放著一台唱機，右手邊的迴廊下有一張冷食自助餐台。儘管月光像燭火一樣暗淡，但當它落在由娜塔莉這個小黑影牽引上前的O身上時，那些注意到她的人停下了舞步，男人紛紛離座起身。唱機旁的那個男孩感覺到發生了什麼事，轉身確認，震驚於眼前這一幕，動手暫時關上唱機。O停下腳步，史蒂芬先生也在她身後兩步之處停步，一起等待著。「司令」驅開那些包圍著O的男女。他已經事先要人準備好火把，以便眾人將O看得更清楚。「她是誰？」眾人紛紛發問。「她是誰的人？」「司令答道：「是您的，如果您想要的話。」他領著O和娜塔莉來到露台的一個角落，那裡的矮牆下有一張長石凳，上頭擺著東方式軟墊。O背靠著牆坐下，手放在膝蓋上。娜塔莉坐在她左腳邊的地板上，手上仍抓著那條鎖鍊。「司令」轉過身去。O的目光搜尋著史蒂芬先生，一開始遍尋不著，後來才憑著直覺找到他。他正躺在露台另一個角落的一張躺椅上。他可以看到她，這樣她就放心了。音樂聲已經重新響起，其他人又紛紛跳起舞來。其中有一兩對男女一邊跳一邊往她的方向移動，一開始看來就像是碰巧的，然後有一對放棄偽裝，由女子帶頭朝O走過來。O從面具上黃褐色羽毛勾勒出的眼洞裡定定看著，眼睛睜得老大，就像她假扮的這種夜行禽鳥一樣。由於她的形象實在太過強烈，以致於沒人想到要向她發問——這本來應該是再自然不過的事——彷彿她真的是一隻貓頭鷹，聽不懂人類語言、不會言語一樣。從午夜到黎明，東邊的天空在五點鐘左右開始透出晨光。在暗淡的月亮漸漸西落時，人們好幾次走到O的身邊，有人甚至碰觸了她。他們好幾次在她身邊圍成一圈，好幾次推開她的雙膝，提起那條鐵鏈，舉著雙岔的普羅旺斯釉陶製的蠟燭架——她能感覺到蠟燭的火苗在她的雙腿間散發著熱度——查看她是怎麼被鍊起來的。一個微醺的美國人甚至笑著抓住她，但當他意識到自己抓住的是被鐵鏈刺穿的肉體時，他瞬間清醒過來。O在他臉上看到恐怖和輕鄙的神情，跟那個為她脫毛的女孩一模一樣的表情。他轉身逃之夭夭。還有一個非常年輕的女孩，裸露著雙肩，脖子上掛著一串珍珠項鍊，穿著年輕女孩第一次出席舞會時愛穿的那種白色洋裝，腰際上繫著兩朵帶茶香的玫瑰，腳上穿著一雙金色的鞋子。一個男孩讓她坐到O的右手邊，然後握住女孩的手，強迫她撫摸O的乳房；它們在她冰涼手指的輕撫下，微微顫抖著。男孩接著要女孩觸摸O的下體、鐵環，以及鐵環穿透的肉洞。女孩默默地服從了。當男孩說他打算對她做同樣的事時，她也沒有因此露出卻步的樣子。他們用這種方式展示O，把她當成一個模型或示範品一樣，竟然從頭到尾都沒有人對她說過一句話。難道她是石頭或蠟做的？還是，來自另一個世界的生物？使得他們以為和她講話是毫無意義的事？也許他們是不敢和她說話？天才剛亮，所有人都已離去。史蒂芬先生和「司令」叫醒了在O腳邊熟睡的娜塔莉，扶O站起身，帶她來到院子中央，解開她的鎖鍊，摘掉她的面具，把她放倒在一張桌子上，輪流占有她。

在被刪除的最後一章裡，O回到了華錫。史蒂芬先生在那裡拋棄了她。

O的故事還有另一種結局：當O意識到史蒂芬先生即將離棄自己，她表示寧願死去。

他准許了她。

O孃

Histoire d'O

作　　者　波琳·雷亞吉(Pauline Réage)
譯　　者　邱瑞鑾
封面設計　吳郁婷
內頁排版　高巧怡
行銷企劃　陳慧敏、蕭浩仰
行銷統籌　駱漢琦
業務發行　邱紹溢
營運顧問　郭其彬
責任編輯　林淑雅
總 編 輯　李亞南
出　　版　漫遊者文化事業股份有限公司
地　　址　台北市松山區復興北路331號4樓
電　　話　(02) 2715-2022
傳　　真　(02) 2715-2021
服務信箱　service@azothbooks.com
網路書店　www.azothbooks.com
臉　　書　www.facebook.com/azothbooks.read
營運統籌　大雁文化事業股份有限公司
地　　址　台北市松山區復興北路333號11樓之4
劃撥帳號　50022001
戶　　名　漫遊者文化事業股份有限公司
二版一刷　2022年11月
定　　價　台幣380元

ISBN　978-986-489-714-8

國家圖書館出版品預行編目(CIP)資料

O孃/波琳.雷亞吉(Pauline Réage)著 ; 邱瑞鑾譯. -- 二版. -- 臺北市 : 漫遊者文化事業股份有限公司出版 : 大雁文化事業股份有限公司發行, 2022.11
256面 ; 13.8*21公分
譯自 : Histoire d'O
ISBN 978-986-489-714-8(平裝)
876.57　　111016318